アシア・ジェバール

墓のない女

持田明子訳

藤原書店

Assia DJEBAR

LA FEMME SANS SEPULTURE

墓のない女　目次

〈本書に関連するアルジェリア北部地図〉

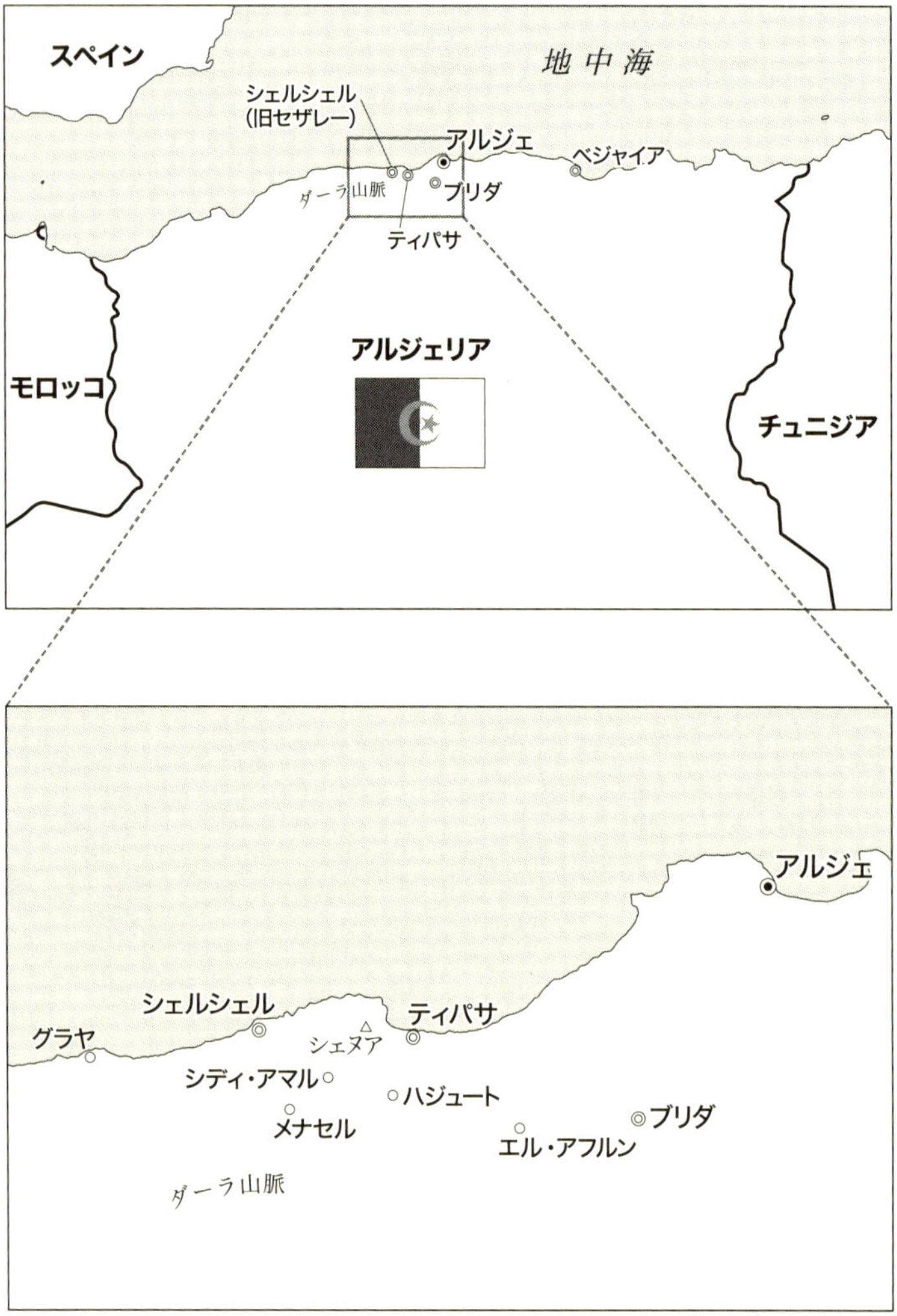

墓のない女

■主な登場人物

わたし　この物語の語り手。映像作家。セザレーの街に生まれ育つ。

ズリハ　この物語のヒロイン。一九一六年、アルジェリアの村マレンゴ（現ハジュート）に生まれ、三度目の結婚とともにセザレーにやって来た。ベールをかぶらずに村を闊歩していたこともあり、はっきりとものを言う女性。一九五六年にマキに登り、独立を求める地下活動を支えた。その後フランス軍に逮捕され、おそらく殺される。

ライオン夫人（ラッラ・ルビア）　かつてトランプ占い師だった。ズリハの友人であり、その活動を支える。

ハニア　ズリハの長女。ズリハの最初の結婚で生まれた。アラビア語で〈心の和んだ女(ひと)〉の意味。ミナは「ハビバ」とも呼ぶ。

エル・ハビブ　ズリハの息子。ズリハの二度目の結婚で生まれた。父であるフランス軍下士官の許で育てられる。

ミナ　ズリハの次女。ズリハの三度目の結婚で生まれた。ライオン夫人を訪ねて、母ズリハの思い出を聞きとったり、映像作家「わたし」とともに行動してズリハの足跡をたどる。

エル・ハッジュ（ハッジュ・ウダイ）　ズリハの三度目の夫。家畜仲買人。セザレーの有力者で、アラビア語を教えるイスラム教の学校を支援していた。

シャイーブ　ズリハの父。富裕な農夫。

ゾフラ・ウダイ　ズリハの夫エル・ハッジュの妹。夫と三人の息子を失う。

ジャミラ　ゾフラ・ウダイのいとこ。

アリ　ラッラ・ルビアの息子。

コスタ　ズリハの尋問をする警視。

サアドゥン兄弟（ホセイン、ヌルディィヌ、ハムード）　セザレーの街の虐殺事件の犠牲者。

ムイナ　サアドゥン兄弟の姉。

ヌビア　サアドゥン兄弟の母。

ラシード　ミナの元恋人。

ファーティマ・アミシュ　ズリハの仲間。

アシア　ズリハの仲間。

■用語解説

マキ　地中海沿岸に見られる、灌木が密生した地帯。密林。そこから転じて、レジスタンス運動員が潜伏した場所や、抵抗組織をも指すようになる。

セザレー　現在のシェルシェル。古代マウレタニア王国の都市であった。この物語が繰り広げられる主な舞台である。

ベルベル語　モロッコ・アルジェリア・チュニジア・リビアなどの北アフリカで話される言葉。アラビア語との二言語使用者が多く、どの国でも公用語ではない。山間部などに話者が多い。アフロ・アジア語族に属する。

（訳者）

クレール・ドゥラノワへ
友情を込めて

はしがき

この小説では、アルジェリアが独立を求めて戦った時代に、わたしが子どもの頃を過ごした街のヒロインだったズリハの生涯と死に関するすべての事実と詳細を、史実に照らして正確であるよう配慮して、言ってみれば、記録に基づいて語った。

ただ、このヒロインの周囲の人々、とりわけ、家族として登場する人々については、ここでは、小説という虚構が許容するだけの想像や変化を加えた。

女たちを描いた一枚の大きなフレスコ画のまさに中心で、ズリハの真実がいっそう照らし出されるようにという願いから、わたしは小説らしい自由を随意に行使した――セザレー・ド・マウレタニア（シェルシェル）のとても古いモザイク模様に倣って。

時の流れも磨滅も近づくことのできない
ほかの場所から届いた声を聞かせることが
夢にひとしくむなしいことだと明らかになろうと
その意味が消え去ったあとでさえ
それでもそこには永続する何かがある
まだ遠くで嵐のように震えているその響き
だからそれが近づいているのかそれとも行ってしまうのかわからぬままに

ルイ＝ルネ・デ・フォレ『サミュエル・ウッドの詩』、一九八八年

プレリュード

1

ズリハの物語――ようやくそれを書き留める、より正確に言えば、再び書き留める……最初は一九七六年の春だったと思う。街のヒロインの、その娘の家にわたしはいる。わたしの街〈セザレー〉の。それはこの街の昔の名〔現在の名はシェルシェル〕だが、わたしには、永久にセザレーだ……

アルジェから到着したばかりの、ヒロインの次女は燃えるようなまなざしでわたしをじっと見つめる――アシスタントの一人が、ナグラ録音機〔スイスのクデルスキー社製ポータブル録音再生機〕用のリールを差し出しながら、わたしを呼んだ。彼女はわたしの名を繰り返し、思わず飛び上がった。彼女はわたしに話しかける、そして、そのゆっくりした声が突然、興奮する――

「あなたを待っていましたわ！　家のパティオ〔中庭〕を区切っているあの壁は、確かにあなたのお父さんの家の壁ですね？」

わたしはうなずく――一時間前、ここにやって来たとき、口には出さなかったものの気づいていた――〈父の昔の家のすぐそばだ、本当に！……〉

「何年もあなたを待っていました、そしてやっと今、やって来られたのですね！」

今度は若い女性の高く、挑戦的な声。わたしは少々うんざりして、微笑む。

「来ましたよ――遅くなったかもしれないけれど、でも、来ましたよ！　さあ、仕事をしましょう！……」

彼女とわたし、わたしたちはやっと始める――ズリハの物語を。

そう、それは一九七六年の春だった。わたしはある長編映画のロケーション・ハンティングに没頭していた。初めの二週間を、時には幹線道路――母方の一族の農民たちがここでは古代ローマの道路と言う――が通っていない山中や農場や小さな家で過ごした。夜、わたしはジープの運転手やアシスタントたちを帰した。彼らは平野や、観光客用に建てられたティパサの新しいホテルに寝(やす)みに行くことにすっかり満足していた。わたしは、時々、メナセル村にいる従姉妹たちの家や、母の異父兄弟、年老いてはいたが、相変わらず厳格で慎み深い農夫の家で休んだし、また時に、人里離れた部落にある義理のおばの家で休むこともあった。

わたしを迎えてくれた女主人たちが語った数多くの話に同じ名が頻繁に繰り返された——ズリハが……ズリハが……

「なんとまあ、あんたはあの女(ひと)を知らないって？　あんたと同じ街の出だよ！」

「ゲリラの母だよ！」ともう一人の女主人があだ名をつけていた。

何度も集まってはひそひそ話をかわした二、三週間が過ぎた頃、わたしはついにセザレーのズリハの家にいた。彼女が一九五六年の春、運命に導かれて出て行った家に。

わたしは彼女の下の娘、ミナに向かい合って座る。

「あなたをこの数年、待ち続けていました！」

彼女はもう一度わたしに話しかける、だがアラビア語の方言で。こうした棘(とげ)のある表現をふくむ彼女のことばに、今にも涙を流しそうな、細かく震える秘められた優しさが不意ににじむ。わたしがそんな風に感じ取るその優しさは、おそらく、この地に住む人々の洗練されたアラビア語に特有のアンダルシアの響きのせいだ。

「話しましょう！　始めましょう！」わたしはきっぱりした口調で答えた。

わたしは、幼い日々を過ごした父の家とわたしたちを隔てている壁を見つめる。わたしは自責の念を克服しようと試みる――帰国してからこの一年、ひどく長い間、アルジェから動かずにいた。

「わたしも」、ミナがつぶやく、「アルジェで教えています。でも中学校（コレージュ）で！　わたし二十八歳です」

彼女は口をつぐむ。そして息をつく。

「国が独立したとき、十五歳でした！」

彼女はまた口をつぐむ。それから、もっと小声で続ける。

「母が殺されたときは、十二歳でした」

2

それから二年。再び春。わたしは、ヒロインのズリハに献じたこの映画の編集を終える。ベラ・バルトークにも献じた映画。「ズリハの物語」は冒頭で素描される。ついで、二時間の映画がゆったりした河のように流れる――フィクションとドキュメンタリー、しばしば実況、女たちのいくつかの会話――伝統的な、それでいて現代的なあふれるばかりの音楽。

ズリハについては――その青春時代、何度かの結婚、子どもたち、五六年にマキ〔密林〕に登ったこと、警戒や危険、薬品や時に武器の調達のために監視の目をくぐって街に戻る二年間――その闘いの生活は四十二歳で中断され、古代都市の空中にいわばつるされたままだ！　悲劇の最終場面まで――捕らえられ、ズリハは兵士たちが監視する中、森を出る。彼女は熱っぽく、挑戦的な態度で、円陣を組んだ男たちに向かって演説する。現地補充兵やフランス人将校たちが彼女をヘリコプターの方に連れて行く間、何人かの年老いた農夫たちが涙を流している。

だれひとり、生きている彼女を二度と目にすることはないだろう。

ズリハの〈情熱〉――彼女の最後の呼びかけが、ここで、陽光に満ちた毎朝、わたしの耳に鳴り響く――スクリーンでは、エドガール・ヴァレーズのフルート曲が流れる中、無名の声がそれを語る……

古代の首都の現在の光景（ほとんど人気のない通り、うろつく一人の女乞食、石像の上のオンブー〔巨大な幹を持つ木〕の葉の茂み、千年を経ても変わらぬ灯台）――重なり合う声がこの女の運命をきらめかせる――回想が何分か続く間、カメラが大通りや、広場や、視線のない彫像が並ぶがらんとした空間をゆっくりと映し出す。まるで墓がないままのズリハが赤褐色の都市の上を、感じ取れはするものの目には見えずに、漂っているかのように。

ズリハに、そしてベラ・バルトークに献じた作品。このハンガリーの音楽家は、忘れられない女性ズリハが生まれるほんの数年前にアルジェリアにやって来たのだ。

だれひとり、生きている彼女を再び目にすることはなかった、確かに。たぶん、バルトークの音楽のおかげで、わたしには彼女の声が聞こえるのだ、毅然とした存在感あるズリハの声が、わたしには。

セザレーの狭い通りや、噴水や、パティオや、高いテラスの上で生きている。

3

ズリハは一九一六年、アルジェ近郊のサヘル〔地中海沿岸の丘陵地帯〕にあるマレンゴ（現在のハジュート）に生まれた。その頃のアシェット社のガイドブックには、「大きく美しい村、郡役所所在地」と記されている。

当時の人口調査によれば、五千三百人の住民中二千三百人がヨーロッパ人だった。三千人の「現地人」の方は、その大部分がハジュートの有名な好戦的部族の後裔だったはずだ。

五十年以上も前に、ウジェーヌ・フロマンタンはこの部族を知っていた――敗北したにもかかわらず、この部族は、少なくともアラビア騎兵の騎芸（ファンタジア）ショーではその存在感を多少とも維持していた。

画家にして作家の彼はすぐ近くの非常に美しいハルラ湖に言及している。湖はその後、埋められ、近隣に小さな入植者の村モンテベッロが生まれた。（遠い昔のナポレオンの勝利の名は、かつての殺戮の戦いを隠蔽しようとしたのだ、何世代にもわたって、土地を奪われたアラブ人たちが激しく戦い、疲れ果てた戦いの数々を。）

ズリハの父親の名はシャイーブ——かなり富裕な農夫だったらしい。自分の農地——おそらく破産した自作農から手に入れたのだ——を持ち続けることのできた数少ない農夫の一人。彼は、村の入植者である隣人たちから「良きアラブ人」と見なされた。この事実を伝えるのはヒロインの長女（ハニア、つまり、アラビア語で「心の和(なご)んだ女(ひと)」）だ。行政にかかわるカイド〔イスラム教徒の地方官〕をもちろん除いて、彼がその共同体でただ一人の「有力者」だったとハニアははっきり言う。そして誇らしげな口調で付け加える——

「だってそうでしょう！……母は一九三〇年、十四歳になるほんの少し前に、教育修了証書をもらったのですよ！　この地方で免状を取得した最初のイスラム教徒の少女でした……」

それから二年後、十六歳で村の若者と結婚することを望んだとき、父親は娘の選んだ男に賛成ではないようだが、結婚に反対はしない。その年が終わらないうちに、「血の気が多く、気性の激しすぎる」夫は、とあるフランス人相手の激しいけんかが原因で姿をくらまし、アルジェからフランス行きの船に乗る。その当時、植民地にされた北アフリカの人間に対する差別は、「大都会」では、はるかに表に出ないことをだれもが知っていた。

数か月後、ズリハには最初の娘が生まれ、祖国を離れて夫の許に行くことを拒んだらしい。本当を言うと、夫から便りがあったのか、それとも家族が主張するように、事故がもとで死んだのかさえハニアは知らない。いずれにせよ、ズリハはカーディ〔イスラム教国の裁判官〕に自由を求め、小さな娘を農場に残す——子どものできないおばは喜んで育てる……

ハニアは母親の青春時代を追い続ける——共同体の女たちの中では例外的に、ズリハはその頃、まるでヨーロッパの女のように村を往来していた——ベールもかぶらず、どんなに小さなフィシュ〔三角形のスカーフ〕さえつけずに！

「この特権は、確かに、父親のおかげです、間違いなく！」とハニアは解説する、夢見るように。

そして、こんなエピソードを付け加える——

「一九三九年から四〇年にかけて村の入植者たちは母を『アナーキスト』と呼んでいました。母の話では、一度、ドイツ軍の空襲を怖れて最初の警報がありました。入植者たちの若者の一人がこちらの若者を前にしてにやにや笑っていたそうです——『今、われわれに武器が与えられれば、俺は手始めにおまえを撃ち倒すだろうさ！』、そして、こちらの若者をばかにしながら、笑っていました。そこへズリハが通りかかり、二人の間に割って入りました——『向こうでは、北アフリカの人々をあんたたちは最前線に配置している、戦場で命を落とすべき一兵卒としてね！彼らはあんたたちのために戦っている！　だからあんたたちも、母親のスカートの中から出るんだね……』そうですとも、母はそれほど正面切って話す勇気がありました。『シャイーブの娘』って、マレンゴでは言われていました。母がブリダに働きに出るのをわたしの祖父が引き留めなかったのはきっとそのためでした！」

ハニアはまるで、成人した自分がこの時期を代理で過ごしたかのように、話を続ける――戦争のせいで配給があったことを説明する。人々は食料配給券で配給を受けていた。

「それでも、この点についてさえ母は声高に指摘しました――『ああ、最良のものはヨーロッパ人のためで、現地人たちには大麦があてがわれる！』母にとってはあらゆることが大きな声で告発するための口実でした！」

ハニアは不意に、優しいと言ってもいいほどの表情になって微笑んだ。

「祖父から聞いたものですが、こんな場面もあります、祖父にはスペイン生まれのヨーロッパ人のとても仲のいい友人がいました――内戦の亡命者で、才能豊かな音楽家、芸術家でした。二人の友は兄弟のようにおしゃべりしていました――スペイン人が祖父にうやうやしく言ったのです――『シャイーブ、君の娘さんが男だったら、君はどんなに運がよかっただろう！』そこで祖父は同じ口調で言い返したのです――『いかにも、それは俺にとって幸運じゃないさ！……ああした性格で、もし男だったら！』確かに、母の後に三人の息子が生まれましたが、一人として村に残りませんでした。母の最初の夫と同じように、三人は移住することを選びました。戦争の苦しみのあの歳月の中で三人がどうなってしまったのか、わたしは知りません」

ズリハはブリダで二度目の結婚をしようとしている。だが、一九四五年のすぐ後で離婚を求めることになるだろう。この結婚で生まれた息子のエル・ハビブは、フランス軍の下士官である父親の許に残るだろう。

それからズリハがわたしの街にやって来て身を落ち着けるのは、セザレーの有力者の一人、ウダイ――彼の一族は街の少しばかり南、イッザルの丘に果樹園を所有している――と結婚してのことだ。一九五〇年のほんの少し前、街の古い界隈（わたしは両親と夏の間だけ滞在していた）ではズリハは街の婦人たち――絹（波紋絹や、高齢の婦人にはひだを滑らかにするために薄いウール地を混ぜた絹）のベールで覆い、ときどき金や真珠の飾りを頂いた額や、化粧しコール墨で大きく見せた目を際立たせるために鼻梁の上で固くなり、半透明になっているオーガンザ〔薄く透き通り張りのあるレーヨン地の平織物〕の先端が顔の下部を隠している――と見分けがつかないこともあった。ズリハはこれからは上流婦人になるのだろうか？

彼女の夫は、愛国主義のエリートの子弟のための私立中学校（コレージュ）、メデルサ〔アラビア語を教えるイスラム教の宗教学校〕を援助しようとする配慮や、その資産運営から尊敬をかち得ている。イスラム教徒としての勤めを実践しているエル・ハッジュ〔聖地メッカへの巡礼を済ませた人、の意〕は寛容だ――したがって、妻のズリハは祈らない。

彼女は、今度は「ベールをかぶる」ことを簡単に承諾したらしい、だが、保守的な態度からではもちろんない。彼女は三十歳を越えた――双子を亡くした後で二人目の女の子、次いで男子を出産したが、産後の肥立ちが何か月もの間、悪かった。

4

彼女の率直な物言いは、こうした「家庭の主婦」としての歳月が流れても和らげられたようには見えない。少々気取ったブルジョワ階級の女たちは、ウダイの妻であるズリハの街頭での最近の一悶着を話題にする。

「ちょうど『あの』戦争の前に」、うわさ好きな女が詮索好きな女たちに囲まれてひそひそ声で話す（こうした陰口は、おそらくハンマーム〔共同大衆浴場〕で人々が好んで休息するひんやりした部屋や、結婚式か何かで女性楽士たちの楽団がトゥーシャ〔序奏〕の後で弦楽器の演奏を中休みするときに交わされる）、「ウダイの奥さんのズリハと……マヨのご婦人たちの間で何が起きたか、あんた知ってる？」

「トロール船をたくさん所有している人たち、つまり、イタリア人たち……もっと言えば、マルタ島の人たちね？　いずれにしても、ヨーロッパ人の中で一番の金持ちよ」

「ズリハがベールをかぶって祝い事に出かけているとき、教会の裏手の通りでヨーロッパのご婦人にぶつかった、するとそのご婦人が大声を上げたのよ――『まあ、ファーティマ！』ズリハはベールを取りながら、言葉を返したわ――『まあ、マリーなの？』彼女は無邪気といってもいいほどの口調だったそうよ。あんたも知ってるように、彼女はとても上手にフランス語が話せる。ヨーロッパのご婦人の方は同じほどには話せないにきまってるわ、だってマルタ島出身だもの……」

「それで？」

「フランス人の女は、つまりフランス出身じゃないけれど、ともかくフランス人の女は、何よりも、このベールをかぶったムーア人〔アフリカ北西部に住むイスラム教徒〕の女の前でひどく憤慨したそうよ。憤りの余り息が詰まりそうになったほどよ――『あんたがわたしをマリーって呼ぶの？　何てずうずうしい！』そこでズリハは、たいそう穏やかに、まるで学校の先生のように（それに彼女のベールはすっかりその顔を見せていたわ）、お説教を始めたってわけ――『あなたはわたしをご存じではありません！　あなたはわたしをあんた呼ばわりされます……それに、わたしの名はファーティマではありません！……あなたはわたしを〝マダム〟と呼ぶことができたでしょうに、そうではありませんか？』人だかりができた。だれもがすぐに『ウダイ夫人』だとわかったわ。彼女はといえば、再びベールで顔を隠し、女王然として人だかりから離れたのよ。昨日の夕方、パティオではその話でもちきりだったわ。子どもたちや、少女や、通りかかった老女が……」

そう言うと、ハンマームのひんやりした部屋の中でセザレーのご婦人はため息をついた——

「わたしだったら、こんな勇気はたぶん持てなかったでしょうよ。フランス語はほんの少しわかる程度だし。マヨのご婦人に怒って言い返すことはできたでしょう、でもアラビア語でね！もっとも、たとえズリハのように話したとしても、家に帰って、わたしが怖れるのはとりわけわたしの主人のほうよ。街頭であんな風にわたしをご婦人だと認めさせる！そしてベールを脱ぐ……あのズリハは何て大胆な！」

「ねえ、それ以上のことをあんたに話してあげるわ——彼女の夫は、彼女が街頭でどんな風に話したのか知って、妻のことを誇りに思ったにちがいないわ、彼は。時代は変わったのよ、本当に！」

確かに、独立戦争の前夜、セザレーのご婦人たちが交わす会話はこんな風にざわめいていたのだ。

第1章　ライオン夫人、古代ローマの円形競技場の近くで……

ミナは、母親についてのルポルタージュがテレビで放映されるのを待ちながら（彼女は長い間待つことになるのを知らない）、そこで教鞭を取っているアルジェを今年の夏休み、離れることにする。

彼女は酷暑の数か月を姉の家に居候することに決める――高台の小さな家の二階の一室を使う。細長い窓から港の一部と水平線全体が見える。

毎日午後には、シエスタの時間の後で外出する。ハニアは妹が、同じように結婚が遅れている高校（リセ）時代の旧友たちと浜辺にいると思っている。ミナはライオン夫人を訪れるのだ、つまり、ラッラ・ルビア、これがアラビア語の名だ。かつてのトランプ占い師は将来や運を占う。真夜中に悪夢や嵐の幻影がしばしば彼女を不安に陥れる。

長い間、彼女は、自分の意見を求めてわざわざやって来る女の客たちのために、スペインカードを並べて占った。体面を考えて名を明かさない客もいれば、世間のうわさなど一向に気にしない客もいる。

ミナは、母の友人だった夫人のそばで、物思いにふけり、口をつぐんだままでいる。ライオン夫人は、かつての苦難の、執拗に追われた時期に、ズリハのただ一人の支援者だった。

「ああ、わたしのミナ」、ライオン夫人は丈の低いテーブルの上にブラックコーヒーと田舎風のガレットを置きながら、話し始める、「ああ、ミナ、というより、わたしのアミナ、あんたの母さんは未来のためにあんたをそう名づけたのさ、今はもうこの世にいない、なんと悲しいことだろう……あんたがいることはわたしにアマーンを、許しや和解を与えてくれる、ミナでもアミナでも、わたしの大切な……」

ミナはやけどするほど熱いコーヒーを注ぐ。二人はれんが色のタイル張りの床にじかに広げたござに座っている――ラッラ・ルビアは、石灰を塗って白くした壁に具合の悪い背をもたせかける、刺繍したクッションを二つひざの上に置いて。

「あんたはここへ来るとき、絹のベールをかぶった二人の資産家の婦人とすれ違ったかい？わたしはもう未来を占ってはいないときっぱり言って、二人に帰ってもらったところだった！」

彼女はため息をつく――「過去、あんたの母さんとわたしでその重みや光を分かち合った日々、この過去だけで、ああ神の優しい使者よ、これからのわたしには十分なんだよ！」

彼女は不意に話をやめ、刺繍したクッションを背中の後ろに置く――手首の銀のブレスレットが音を立てる、愛惜のこだまのように。二人の女の間に穏やかな気持ちが広がる。ミナは気を配って、口をつぐんだままでいる。そしてコーヒーをちびちび飲む。ライオン夫人の家で、ミナは自分の家にいるように感じている。

「今日の二人の客はわたしの言うことを信じなかった、あんたにはわかるだろう！　わたしの家は昔のままだよ――だれもかれもが金持ちになり、住まいを飾っているというのに、わたしは相変わらずで、同じマットレスに座っているのさ。あんたのおばさんのウダイが織った毛布までだよ――何日も何日もかけてこれを織ってくれたのさ、あれから二十年も経ったよ――そうさ、この緋色の毛糸と、縞模様のためにわたしが持っていった黒色の束糸を使ってさ……」

彼女はかすかに笑う。

「わたしに二倍払おうとしたのさ、あのご婦人たちは。一人は新しい判事の妻で、もう一人は、わたしの知る限りでは、指揮官の母親らしい――要するに」――その声がわずかに皮肉を帯びる――「今日の指揮官のさ！」

ミナは微笑み、沈黙を守る。半円形のこの狭いパティオから、廃墟と化した古代ローマの円形競技場の側に突き出ている山の斜面が少しだけ見える。今日、わたしに……母のことを話さないでくれたら！　とミナは思う、それからひそかな拒絶が心をいっぱいにする。わたしはもうびくびくしたくないし、苦しみたくない。わたしは姉の家の、薄荷とバジルの鉢を並べた窓のある二階の、わたしのための片隅で眠りたい……

「彼女たちはわたしの言葉を信じなかった、あの上流階級のご婦人たちは」とラッラ・ルビアは彼女にとって大切な方言で話し続ける。「彼女たちはその富を持ってきた、結んだハンカチをほどいて昔のルイ金貨をきらめかせようとした……わたしがお金に困っているると思ってわたしの気をそそろうとしたのさ、今では〈あの御方〉――〈あの御方〉と〈その使者〉――の困窮だけがわたしの心を駆り立てるというのに……」

静寂。外では、小さな壁の向こうから通行人たちのいくつかの足音が聞こえる――一人の少年がきしむ自転車で走って行く。

「ところで、ミナ、何を考えてるんだね？」

「あなたは確かに言ったわ、ねえラッラ・ルビア、去年、メッカ詣でをした後で、『未来を明かすのは罪を犯すことだよ！』って。あなたは付け加えた、『それは罪を犯すことだよ、そのことが今やっとわかったのさ。だから、この仕事はもうやめるよ！』って」

ライオン夫人は放心しているように見える。ミナは続ける、もっと力をこめて。

「あなたはそう約束したわ、そうでしょ？　わたしはいなかった、でも男たちも女たちも、みんながわたしにそのことを話してくれたわ。多くの人がもうあなたに助言を求めに来られないことや、あなたの才能の恩恵にあずかれないことを残念がったのをわたしは知っている」

ミナの声は穏やかになった――〈今晩はライオン夫人のそばをもう離れたくない！〉と、若い女は気づいて驚く。

「ああ」、体を丸めた夫人は悲しげに言葉を続ける、「わたしの中で頑固なままでいるのは過去だけだよ。たとえわたしがこの仕事をしたくても、それにおそらくメッカへの巡礼がなくても、わたしはやめていただろうさ、というのもこれからの日々が、すっかり煤(すす)にまみれて、わたしの前に広がっているからだよ」

「ああ、ラッラ・ルビア、わたしが今晩は、明け方まであなたと過ごすと姉に知らせに、近くの少年をやってください。眠るにしても、眠らないにしても、あなたの家から月を眺めるだけにしても！」

「あんたにもう言ったね、おお、アミナ、あんたはわたしの心の安らぎ、あんたはわたしの慰めだよ！」

ズリハの娘は夫人に礼拝用の敷物を持ってくる、もう夕暮れ時だから。それからひんやりしたタイル張りに足を長々と伸ばして、元の姿勢に戻る。
ライオン夫人が、ほとんど聞き取れないようなスーラ〔コーランの章〕のリズムに合わせてひれ伏し、起き上がり、しゃがんでいる間、その後ろでミナは、夜の満ち溢れるあの明かりの中で月のどの部分がもうすぐ見えるのか、空を見張っている。

わたしの愛する人が銃殺されるのをわたしは見た
暗い牢獄の中庭で
わたしは叫んだ、わたしは叫ばなかった
毎晩、彼の血が洗われる！

少し甲高い声がパティオのもう一方の低い石垣を越えて、〈ムーア人の家〉とあだ名をつけられた、テラスのあるひどく古い家々の方から聞こえてくる。澄み切った歌が渦巻きを描くように立ち昇り、哀歌の最初の詩行を繰り広げる。何秒かの中断。リュートの一本の弦が低音を鳴らす。見知らぬ女の声が、大気を引き裂く鋼の刃のように、次の詩行のために鋭い叫びを上げる。
「隣の家の三番目の娘だよ、ほとんど目が見えなくなった……娘は即興で作って、夜が訪れるたびにああして単調な声で唱えるのさ」とラッラ・ルビアは小声で言う。「幸せな娘」と付け加える、「視力が弱まるにつれて、情熱からか、それとも悲しみからか、娘の素晴らしい声が増幅される……神の恵みがあらんことを！」

リュートの同じ音色が響く。


わたしは叫んだ、わたしは叫ばなかった！


二つの拍子、最初はとぎれとぎれの嗚咽のように短く鋭い拍子、つぎは、引き伸ばされた拍子で、ほとんど目の見えない女の声がほとばしり出る。ミナは突然立ち上がる。

「わたしたちを苦しめるなんて隣の娘は一体どうしたの？」と彼女は呻く。

起き上がらずに手を差し出しながら、ラッラ・ルビアはミナをもう一度座らせる。

「あんたの姉さんに知らせに隣の少年をもうやったよ……気持ちを静めて、今晩はここにいればいいさ」。ライオン夫人は穏やかな声で続ける、「あんたを目にするたびに、あんたの母さんがわたしの中で動悸を打つけれど、あんたに母さんのことを話しはしないよ」

リュートが、向こう側で、同じように深い音色を繰り返し、終わり近くに消える。

「あの夜」、ラッラ・ルビアがつぶやく、「サアドゥンの息子たちが銃殺されたあの夜……わたしはまるで昨日のことのように覚えている、あれからもう二十年だよ！」

毎晩、彼の血が洗われる！

歌い手は二度、短い言葉で、はっきり拍子をつけて最後の行を歌った。

「今晩、満月に向かって大きな声で叫んでいるみなしごは」、ラッラ・ルビアは続ける、「オレンジの木々が花をつけ香りを放っているとき、叫ぶのは、殺された二人目の男の許婚（いいなずけ）だった……」

ライオン夫人は足を伸ばし、それからため息をつく――

「そのあとで、娘は何度となく結婚を申し込まれた、この国が独立してからのことさ。娘は拒んだ、今、目がほとんどもう見えないというのに、治療することを拒んでいるようにさ！　娘が月に向かって放つ歌は、愛の歌なのか、それとも、悲嘆の歌なのか、だれにわかるだろう、娘のたった一つの霊薬になっているのさ」

壁の向こうにいる、隣の女は最後の行を繰り返す。そして、ミナは夜のむっとする熱気の中で、突然、涙があふれ出るにまかせる。

「わたしは昔、死者の体を清める仕事をしていたんだよ」とラッラ・ルビアが語り始める。「サアドゥンの息子たちが死んだ夜は、あの動乱の時期でわたしには一番長い夜だった！　今でもわたしの眼前に浮かぶその思い出は忌まわしい、神のご加護がわれわれにありますように、ムハンマドとその友、優しきアブー・バクルがわれら、みなしごたちのためにとりなされんことを！」

　ミナはライオン夫人のほうにゆっくりと顔を向ける――薄紫色の縁飾り（フリンジ）のついた白い絹布で縁どられた、やつれた顔が半透明の暗がりの中にくっきり浮き上がる。

　母の友人が教えてくれることをわたしは理解し始める――と、彼女は鋭く考える。――そうした思い出はわたしには手のひらの中でもつれた毛糸玉！　それらの亡霊に向き合って、手探りで近づくか、回り道や円や蛇行や複雑な形を描いて、やっと、泥や凍りついた叫び声や枯れることのない涙で汚れた、暗い泉を見つめる……

「外出しないよう言われていたんだよ」とライオン夫人は大げさな調子で言う。「何かにつけて、近くの山にいるゲリラたちとの交渉が発表されていた初めの頃、夜間外出禁止令が出されていたのさ。サアドゥン兄弟の家は街の東の入口にあったが、彼らの姉妹の一人が、ムーア人の家々が並ぶこの古い界隈でわたしの家の隣に住んでいたのさ」

　夫人は夢想にふけり、戸外の寒々とした静寂やざわめきを聞き、それから、じっと見つめたまま、ぼんやりする。被り物の縁飾り（フリンジ）が薄暗がりの中で細かく震えている。

「二頭の若駒、二人の王子」と彼女は呻くように言う、「二人は二十歳にもなっていなかった。

三人目は二人のいとこで、義理の兄弟でもあった……『とりわけ今晩は、外出しないように！』と繰り返し言われていたのさ。情報はヨーロッパ人、わけてもマルタ人の使用人たちから伝わっていた。おそらく、アラブの行商女たちにブレスレットや指輪を納めるしがないユダヤ人の宝石商のおかげさ。その若者たちは三々五々集まって、少なくとも一週間前から、すっかり興奮していた。何人かはまさしく当局から武器を手に入れさえしていたのさ。

その日、彼らは乞食たちに乱暴し、市場のために村から降りてきた数人の農夫を挑発した。一人の卵売りが血の出るまで殴られた、体の不自由な気の毒な男、だが、彼らの戦争の退役軍人だったよ。彼らは面白がって男から松葉杖を盗んだ、そして力ずくで彼を殴った、卑怯者たち！この騒ぎはわが家からさほど遠くない、パン焼き窯（がま）の近くで持ち上がったのさ。夜が近づくと、彼らは街の酒場に散っていった。たちまち酔っ払った、いまいましい奴ら！……

こうしたことはみんな、朝早く、山で小規模な戦闘があったからだよ――遺体は陸軍病院に運ばれていたんだが、殺された兵士たちの中に街のフランス人は一人もいなかったよ。午後ずっと」――ラッラ・ルビアは、まぶたを伏せ、過去にすっかり浸って、話し続ける――、「わが家のそばの教会の鐘が（この教会はモスクになったがね）、鐘が一時間ごとに鳴った、まるで彼らを駆り立てるかのように、彼ら、悪魔たちを！　翌日、人々は死者たちのために祈りに、それから、冷たくなったばかりの遺体を海の向こうに送り出しに行ったのさ。フランスからまっすぐやって来たこの若者たち……まるでここに住むマルタ人たちやヨーロッパ人たちはフランスを知っているかのようにさ。彼らはフランスを『自分たちの母』と呼んでいた、どこの出身でもなかった彼らがね。わたしたちは、少なくとも」と彼女は得意げに付け加える、「息子たちのために、こう言うことができる、『われらの母は踵の下にいる、われらから取り上げたと彼らが思ったこの大地』だってね」

そして彼女は、きしむ椅子に腰を寄りかからせながら、突然、起き上がり、足を力強く踏みならす。沈黙。ミナはその間に金色のティーグラスやコーヒーカップを片付け、それからしなやかにひざを組んでタイル張りの上にじかにうずくまる。語り手のライオン夫人は重いまぶたを上げる——遠くを探るようなその黒ずんだ目にミナはもう入らない。まるで二十年前の過去に沈むように。

「あの不吉な一日については何と言えばいいだろう？ 耳もとでまだ聞こえているあの鐘の音については？（彼女は冷笑する。）父親たちが昔、『われわれにとっちゃ、不幸や悲嘆はいつだって鐘つきと一緒にやってくるものさ！』と言っていたのはもっともだったよ」

「サアドゥンの息子たちは？」ミナが待ち切れずに耳打ちする。

「これから話すところだよ」

ラッラ・ルビアの顔は晴れやかな明るさを取り戻す、まるで物語がほとばしり出ることで解放されるかのように。

「サアドゥンの息子たちの母親は、日が暮れてパティオに伝えられる危険の知らせが激しさを増してくると、どうやら哀願したらしい。手すりの上から身を乗り出して――彼らの家では、両親が二階に住み、年少の息子たちは階下に暮らしていた――母親は懇願したのさ、『今晩は外に出ないでおくれ、ああ、わたしの王子たち！　おまえたちのおじさん、わたしの兄さんが、ほらあのマキで、パルチザンの責任者だということをキリスト教徒たちは知っている。彼らはわたしたちを監視している、おじさんを捕まえることができないからね！……後生だから、今晩は外に出ないでおくれ、おまえたち、この国の将来の担い手たち！』

彼女はこんな風に長い間、話したにちがいないよ――彼らはどうやら、夜間外出禁止の時刻までに帰ることを約束したらしい、彼らは「緊急の用件」と言っていた――簡単に言えば、彼らはじっとしていなかった……彼らの命は短くあれと神様がお望みになったから、二人は出かけたのさ、ああ、何ということ！」

ライオン夫人は目を閉じ、話をやめる――静かな時が流れる。ミナは小さな中庭のそばにある隣家の戸口の鎧戸がばたばた音を立て始めたことに気づく。彼女は不安めいたものを感じながら、〈風が吹き始める！〉と自分に言う。小窓の近く、カンケ灯がふちに捨てられている。確かに、もう点火されることはない――最近、ラッラ・ルビアの粗末な住まいに電気が引かれた、彼女のただ一つの自慢の種だ。

「彼らは外に出たのさ」、ライオン夫人は高い声で言葉を続ける。「わたしたちが今いる、この家の中庭でほどなくサイレンが聞こえた、いつまでも鳴り続けていたよ……わたしの息子が」――彼女は打明け話の口調になる――、「わたしが養子を迎えたことをあんたは知っているだろう、たとえ今、どうなってしまったかわからないにしてもね、不幸な子だよ。息子は情報を得ようと、ほんの数歩外に出ることにした。あの頃は、夜間外出禁止は絶対的なものじゃなかった。二、三か月後にはもっと厳しく守らされることになったがね。そこで、息子のアリが……どうかわたしの庇護が彼の上にありますように……外に出た。わたしは、入口近くの最初の中庭で、立ったまま待っていた、心臓がきりきり痛んでいた、胸の内で、わたしはそれを感じていた……アリが、動転して戻って来た、『サアドゥンの息子たちが殺されたという話だ。銃殺された、やつらは彼らを壁に押しつけ、そして、処刑したんだ』って叫びながらね。わたしは初めのうちはその場を動かなかった。でも、じっとしていられなかった。わたしは隣の女の家に行った、彼女もわたしの息子が帰ってくるのをあちらで、テラスの上で、待ちわびていたのさ。彼女は恐ろしい知らせを聞いた。『バドラ、確かなことを知るためにカイドの娘の家に急いで行って来る。そこ、すぐそばだよ、古いハンマームの通りさ』とわたしは頭を振りながら、彼女に言った。『それより彼らの姉のムイナの家に行くといい』と彼女はわたしにすすめた」

「息子がわたしの白いベールを持ってきた。わたしはそれを二つにたたんで、頭と肩にかけた。完全に身を包むことさえしなかった。室内履きをはいたままだった。あんたにもう言ったね、ミナ、心臓がきりきり痛んでいるのをわたしは感じていた。不幸な者たちよ、ヌビアの雄鹿、王子たちよ!」

彼女は息を切らす、ラッラ・ルビアは。長いあえぎ。二十年経った今、すべてがよみがえる、時間の刃(やいば)、そして悲嘆、そして、彼女のじりじりした思い……

「わたしはムイナの家に駆けつけたよ。わたしは覚えている、一台のジープが通りの角を曲がった。わたしは怖ささえ感じなかった。扉のノッカーを少し上げ、二度短く打った。ムイナが微笑みながらわたしを迎えた――彼女の手がその見事な黒髪の三つ編みを、耳にくっつけた長い三つ編みを編んでいたのをわたしは覚えている。わたしはすぐにムイナを怯(おび)えさせないよう、心の中で、預言者やその妻たちやその娘たちの加護を祈った。『何も聞いてないの、あんたの家のことで?』と彼女にたずねた。

『何にも』と彼女は答えた。『ほんの少し前、弟たちが、買ったパンを持ってやって来ましたわ』それは本当だった! 彼らは夕食のために、アニスの実の入ったパンを夕暮れ時に買ったのさ。それから、家に帰る前に、彼らがたいそう愛している姉の家に立ち寄ったのだよ……」

ライオン夫人の声が動揺する。

「きっと彼らは姉に会っておく必要があったんだよ……最後の愛情からね！」

それから、断固とした口調で話を続ける、「白状すると、ムイナの答えを聞いて、彼女がその手で三つ編みを編み続け、玄関で微笑んでいるのを見つめていたとき、わたしの後ろでサイレンが再び鳴り始めていたけれど、白状すると、このときわたしは心の中でムイナが嘘をついているると思ったのさ。われらをみそなわす神が、わたしがこんな風に疑ったことを、『最後の時に』お許しくださるように。わたしはこのことを説明はしないさ、ムイナはいつだってわたしには娘のようだったもの！

彼女がわたしに中に入って、少し息をつくように何度も求めていたとき、彼女の息子が息せき切って駆け込んできた、まだ十四歳にもならないがもう子どもではなかった、彼、犠牲者たちの甥は。彼は泣きじゃくっていた、しゃくり上げて泣いていた。『彼らが死んだ！』と彼は、小さな中庭を右に、左に走りながら叫んだ。『彼らが死んだ！　ホセインとヌルディヌとハムードが！』ムイナが倒れそうになった。彼女の体の下にわたしの腕を伸ばすのがやっとだったよ」

ミナの前で、薄紫色の縁飾り（フリンジ）のついた白いベールをかぶった夫人が、モスリンで覆ったその骨ばった長い腕を左右に伸ばす。

「ムイナは、起き上がったとき、すぐさま両親の家に行こうとしたのさ。血の気が失せ、機械的な動作で、涙も見せず、叫び声も上げず、息子の胸を引き裂くような嗚咽にも気づかずに、可哀そうに、立ち向かっていたよ……長い白いベールを手に取り、頭の上に、長い髪の上に広げ始めた。そのとき、彼女の夫がセーターを裸の肩にかけただけの格好で、部屋から出てきた。彼は言った、『送って行かないよ！』ってね、そこに居合わせたわたしが証人だよ。

今度は姑が奥の同じ部屋から出て来た。『送って行かないよ！』って、息子のあとを受けて、同じように言ったのさ」

ラッラ・ルビアは、声を落として、続ける。

「その後、死んだよ、トゥマばあさんは。あの晩、あんな言葉を言ったけれども、わたしたちの多くが、そしてだれよりも、あんなに優しい嫁のムイナがその死を悼んだってことをわたしは証明するよ。確かに、トゥマは怖がって、怒っていた……そのとき、相変わらず泣いていた少年が母親に身を投げ出した。わたしは、冷静さを保ってムイナを抱きしめた、そして、まわりの人間にはもう目もくれず、彼女にはっきり言ったのさ、『おいで、ムイナ、わたしの娘、あんたを送っていくよ、わたしが！』彼女がどうやって服を着たかわからない。外に出て、その前を歩いたとき、視線を落としたわたしは、彼女がすっかりベールで身を包み、靴を履いているのに、自分の方は素足に部屋履きのままで家を出たことに初めて気づいたのさ。

わたしたちは小走りに彼女の家族の住まいまで行った。犠牲者たちの母親のヌビアがわたししたちを迎えた——美しく、背が高く、あの頃、まだ若かった（不幸な女よ、その美しさは、それ以来、すっかり消えてしまった、夢のように、もちろん、わたしたちみんなも同じさ、だが、彼女にとっては、あの悲嘆のためさ！）。彼女がこんな言葉でわたしを迎えたことを覚えている、『ああ、ラッラ・ルビア、ヌルディヌ、あんたの息子（なぜなら彼は末っ子、お気に入りだったから）、ヌルディヌ、あんたの息子、あの子のおかげでわたしはバターやミルクや農場のたくさんの新鮮な食糧をあんたに送っていたのに、ヌルディヌを彼らはわたしから取り上げて殺してしまった！』

わたしは彼女を、不幸な女を抱きしめて、一緒に泣いた。けれども、彼女がわたしにぴったり身を寄せて震え、わたしが周囲のざわめきを感じているとき、近くのテラスから発せられた男の声、よく通る声が聞こえた——わたしには聞き覚えがなかった——『彼らは牢獄にいる！　彼らは牢獄にいるぞ！』。わたしはそれが真実だと思った、断然こちらに望みをかけた。『ほらね』、わたしは彼女の頬を流れる涙を拭きながら、そして彼女と一緒に泣きながら、ヌビアを安心させた、『ほらね』、わたしは繰り返した、『彼らは生きている！　ただ牢にいるだけのことだよ！』

彼女は何も聞いていなかった。部屋の奥にいた親戚の女たちのけたたましい騒ぎが大きくなった。神の下し給うた決定に真に服従することがただ一つの必要事だと言われる以上、この信仰ゆえの考えにわたしは落ち着きを取り戻そうと、哀れな母親の気持ちを静めようと決めた。『彼らは牢獄にいる』と、すでに喪の白いベールを一人残らず身にまとっていた大勢の女たちの中から一つ、二つの声が繰り返した。『あんた聞いた？』、わたしは、相変わらずわたしの腕の中にいるヌビアにささやいた。別の部屋では、娘のムイナが、半ば横たわり、おばたちや従姉妹たちに囲まれ、痙攣を起こしたようにむき出しの腕を打っていた。

突然、数台のトラックが門の前に到着した。ああ、なんということ、三人の遺体が運ばれてきたのさ。そのときようやく、この入口に、長い玄関のカンケ灯に一つずつ火がつけられていたから、全ての女たちが身を潜め、おし黙った。宵の口に雨が降り出していたことをわたしは覚えている――そして、今や静かに流れるわたしたちの涙は、タイル張りの上で、天地創造の水に混ざり合うワジ〔雨期にしか水が流れない川〕のようだった」

「親族の二人の老婆とわたしが界隈の二人の男に頼んで、運ばれてきた遺体を一体ずつ中に入れさせた。わたしたちは階段に面した部屋、長男が前の夏、新郎として入った、家中で一番広い部屋の床にマットレスを並べた。運んできた男たちは姿を消していた。

わたしたちは三つの遺体をこの部屋に並べて寝かせた、そしてだれかがささやくように、『衣装だんすの鏡にシーツをかぶせておくれ！』と若い女中に命じるのが聞こえた。

わたしはこの三人の若者を見つめながら、女たちみんなの前で話し始めた――『ここにいるのは人間じゃない』とわたしは彼らに見とれながら、一列になって、無言で、入ってくる彼らの母親や、姉や、ほかの女たちの前ではっきり言った。『みんな、聞いておくれ、そして敬意を表しておくれ。彼らはわれらのライオンさ！　敵はわれらのライオンを怖がったのさ！　神の使者が今や、エデンの園の入口で彼らの証人になっておられる！……』

　経帷子を買える所を探さなければならなかった。数人の隣人が不幸な父親を取り囲んでいた。でも、わたしを除いて、埋葬が必要だと考えている者は一人もいなかったのさ。そこでわたしは彼らの義理の従兄のブラヒムを呼んだ。パン焼き窯を持ち、親切で、羊毛の束糸のように純真無垢な青年だったよ。『一緒に来ておくれ！』とわたしは断固とした口調で彼に言った、『この時刻、どこで経帷子を手に入れられるかわたしは知っている』『わたしを使ってください、ああ、おばさん』と彼は頭を下げながら言った、『わたしはあなたが養子にした息子も同然です』

　わたしはこの若者に付き添われて、サアドゥンの縁戚の一人、オトマンの家に向かった。わたしの依頼を知らされたその妻は、わたしたちと一緒に外出する支度をした――でも、彼女の夫（彼はずっと裁判所の書記官だった）が引き留めた、臆病者さ。『どこに行くんだ？』と彼は反対した、『彼らのせいじゃないのか？　ろくでなしめ、彼らがこの不幸をそっくり作り出したんだぞ！』恐れていたのさ、このオトマンは。地位のためだけじゃないさ。不幸な男だよ、神様はそんな人間にお造りになった――わたしの目には彼はいつだってそんな人間だったよ」

　そしてライオン夫人は、上半身を起こし、脇に唾を吐く身ぶりをする、まるで自分が女性裁判官であると感じているかのように――ミナは一瞬、この容赦ない役目を背負ったラッラ・ルビアを想像する、街中の人々が彼女の足もとで震えている、そう、小心翼々としたブルジョワたちや、疑い深い姑たち、喪のベールに身を包んで涙に暮れる親戚たちでいっぱいの二十年前のこの街を。

「夫の脅しを無視して」、ラッラ・ルビアは言葉を続ける、「オトマンの妻は戸口でベールをかぶり、わたしたちと一緒に外に出た。わたしたちの小さなグループに二人の若い娘、ひどく貧しい家の出の二人の隣家の女たちが加わった。彼女たちは惨事をすっかり聞いていたのさ」

「ほかの人間、ほかの人間は残らず」、彼女は高ぶった軽蔑の口調で言い放つ、「彼らは皆あのとき外に出るのが怖かったのさ、少なくとも、『資産家』と言われる男たちや、彼らの女たち、従順な妻で怒りっぽい母親たちはね、わたしが保証するよ！」

ライオン夫人は話を中断し、部屋に戻ろうと持ちかける――冷え冷えとした夜の中で、風が腰掛を一つ二つひっくり返すほど強く吹き始める。

「横になって眠る支度をしたいかい？」と招いた客に母親のようにたずねる。

ミナは頭を横に振る。

「あなたと同じように、部屋であなたと同じようにします……わたしのためにサアドゥン家の物語を最後まで話してください」

「好きなようにするがいいさ」とラッラ・ルビアはカンケ灯を手にして応じる、そして、天井の低い部屋でミナの前で半ば横になる、薄手の毛布にくるまって。

「お話を待っています！　どうぞ始めてください」とミナがつぶやく。

「あの夜」語り手は続ける、突然、巨大になったその影の輪郭が正面の壁にくっきりと浮かび上がる、「わたしはファーティマの家に行った……はっきり言っておくけれど、ファーティマはあの頃、遺体を清めるためのわたしの助手だったのさ。わたしは彼女の家に入らず、通りから彼女を呼んだ。『一緒に来ておくれ！　経帷子を縫わなきゃならない……三人がサアドゥン家の床の上で大の字になって横たわっている、気高い殉教者たちが』『だめ、だめです！』、かわいそうな娘は半開きになった扉の後ろで叫んだ、『今晩は危険です、わたしは行きません』ってね」

「さっきあんたに言ったが」、ちょっと沈黙した後でラッラ・ルビアは薄笑いを浮かべる、「あの夜、今のように吹いていたのは風じゃなかった――もっとも雨はもう止んでいた。街に吹いていたのは」彼女は言葉を続ける、半ば苦い思いで、半ば皮肉に、「多くの住民の上に吹いていたのは、それは恐怖だったのさ！　そこでわたしは激しい口調で答えた、『怯(おび)えて黄ばんだ顔色になっているわたしの娘、わたしの話をお聞き、あんたが一緒に来るのを拒んでも、わたしはあんたに約束する、あんたに誓って言う、〝彼ら〟がいつの日か、山から下りて来るだろう、そして、あんたは何が起きるかわかるだろうさ！』

ライオン夫人はミナのほうに身をかがめて話し続ける――「確かに」――彼女は噴き出して大笑いする――「脅迫したのさ、わたしは、要するに、脅したんだよ！　一晩中、わたしの怒りはこんなふうにこの娘、少なくとも六年来、一言も言わずに、どこにでもわたしについて来た、かわいそうなファーティマを襲ったのさ、娘はベールをかぶり、すっかり恥じ入って、わたしと一緒に外に出た。わたしは自分の家に戻った、家では心配した息子が待っていたよ。わたしは息子を隣家に寝に行かせた。彼はテラスを通った。それからわたしはファーティマを連れて死者たちの家に行ったのさ。

そこで、わたしたち、ファーティマとわたしは三、四時間、仕事をした。親戚の女が一人手伝ってくれた。犠牲者たちの父親の兄弟が、街のもう一方の出口のところで自動車修理工場を経営していたが、処刑された一人――ホセインだったと思う――の身分証明書を持ってきた。それは彼の心臓に達した銃弾で穴があいていた。身分証明書を身につけていたのは彼一人だった。仕事が終わる頃、わたしたちは座った。ムスタファがイスラム解放軍の戦闘員たちとともに到着したのは、悲しい仕事をやっと終えたばかりのときだった。それはその夜の第二部だった、激しい嵐がやっと止んだばかりの夜の。

自動車修理工場の経営者ハサンが敷居のところからわたしを呼んだ――『あの子を外に出しておくれ』と、仕事を終えたばかりのファーティマを指さしながら、わたしに小声で言った。わたしは彼女と一緒に外に出るほうがよかった。わたしたち、死者を清める女は。ほかの女たちは外で群がっていた。その間、イスラム解放軍の戦闘員たちは中に入ったそうだ、ただ犠牲者を見つめ、頭を下げ、それから帰って行くだけのために」

ライオン夫人は疲れ果てて、話をやめる。そして素っ気なく締めくくる――

「こんな風だったのさ、あの夜は、ああ、わたしのミナ！」

ミナは立ち上がり、しばらく前から、二人を照らしているカンケ灯に息を吹きかける。それから夫人の方へ戻ってきて、身をかがめ、ヘンナ染料で赤くなったその手に口づけする。彼女は別の部屋に入る。そこに自分の寝床があるのを知っている。

ライオン夫人は動かない――どっかと腰を下ろし、手に数珠(じゅず)を持ち、夜明け前の祈りのためにすでに瞑想にふけっている。

外では、古代ローマの円形競技場の遺跡の上で夜が消えようとしている。

第2章　「母の亡きがらはどこに？」

訪問者がジープから降り、テレビの技術者たちに付き添われて入ってきたとき、ハニアは弁解した――

「来週、弟の婚約のために祝宴を催すのよ。弟はこの地方でたいそう有名な、市の下士官の学校で学んでいるわ」

彼女はコルヌ・ド・ガゼル〔モロッコ菓子〕や、アーモンドとヘーゼルナッツ入りのチョコレートボンボンを載せた皿を置いた。彼女は誇らしげな口調で付け加えた――

「母の残した末っ子の願望、それは飛行士になることよ！」

それから、自分のうぬぼれに満ちた喜びを正当化しようと、続けた、

「わたしがほとんど育てたわ。母は」――彼女は一瞬、ためらう――「わたしたちから……山

に登るために離れたとき、わたしに弟をゆだねたのよ。やっと五歳になったところだったわ、弟は」

ハニアはそれからズリハの思い出を語った、だが脈絡なく。アルジェからやって来た妹のミナがこの過去の物語で姉を引き継ぐことになっていた。

ミナはよそ者の女にあいさつした、ハニアは二人に小庭のレモンの木陰に座るよう勧めた。音響技師はナグラ録音機が自分がいなくても作動することを確認した。気がよく利くハニアは、外に残っているジープの運転手や助手たちにコーヒーと菓子を出させた。それから、祝宴の準備に戻った。

パティオでのミナとインタビュアーの話は数時間続くかもしれない。

次の夜、ミナがラッラ・ルビアの家に泊まりに行き、不意に眠れなくなったハニアは、夫のそばに横になっていることができない（夫はいびきをかいている、だが彼女の心を乱しているのはそのことではない）――彼女はがらんとした部屋から部屋へ、行ったり来たりする。最後に、客間に座る。ランプの弱い光がテーブルの上のズリハの肖像写真を照らしている。

結婚式までの一年をわたしはどのように過ごすのだろう、彼女は不安になる。数日後には、婚約式のために家は人でいっぱいになるだろう――近くの親戚や奥さん連中が喜んで祝福にやって来るだろう。準備はすべて整っている――だが、この夜、彼女の心をさいなんでいるのはこうした心配ではない。

訪問者のほうは、セザレーの中心部のホテルに落ち着いた。彼女は翌日、再びレモンの木陰で、羊の皮の上にあぐらを組んで座った。ミナも同じようにする、主婦のハニアは、突然、放心状態になってぼうっと突っ立っている。

「ここで、この街で」、訪問者は始めた（彼女のやり方は――質問がやっと始まっても、さほど問いかける口調ではなく、迷った口ぶりで――一つ、二つ短い言葉を発し、それから、中断する）、「ここで……」彼女は、父親の街、母親の街から長い間、離れていたことを打ち明けながら、続けた。「ここで、色の褪せたこのパティオのたいそう昔のモザイク――わたしの父の家と同じように」と招かれた女はいっそう優しい口調で続ける。

そして彼女はその髪を振り、まさしくそこで――低い石垣の向こう側で繰り広げられた幼い頃の光景を払いのける身ぶりをする。

ハニアはもう何も聞いていない。狼狽し、一つの些事にこだわる――この旅行者、だがここの出身の、自分より若いこの女はすぐ近くで、〈低い石垣の向こう側で〉子ども時代を過ごした。その頃、三十年ほど昔、ズリハはつつましい一家の主婦として暮らしていた。ズリハは生きていたのだ！

母は――ハニアは夢想にふける――母は平穏な生活を送っていた、わたしは十歳そこそこだった！　ズリハは……今日のこの訪問者が、あの頃、二、三歳の小さな女の子で〈低い石垣の向こう側で〉笑ったり、泣いたり、遊んでいたとき、おそらくすでにミナを身ごもっていた。ハニアは、不意に、同じ羊の皮の上に座る。彼女は足がよろよろするとは、そしてあまりにも突然に思い出されたこの過去に荒々しく襲われているとは打ち明けない。ミナがやって来るほんの少し前に、彼女はインタビュアーのどんな質問にも落ち着いて答えていた。一体、何が変わったというのだろう？　彼女の前で、二人の女が親密といっていいほど打ち解けて語り合っている。

台所の窓からハニアは今、光景を観察している。かくも遠くから、未知の地平から戻って来たあのよそ者の女は、それでもこの数週間、ズリハが生涯の最後の数か月、暮らした小道や集落をくまなく歩き回った。

ハニアは、訪問者のおばの一人が長屋で死んだことを思い出す。子や孫もなく、若くして死んだこの近くの女は、長い間、いわば麻痺（まひ）して病床に伏していた。ハニアには女がどんな病気にかかっていたかもうわからない。彼女は記憶を探る、肺結核に冒されていたことを思い出す。

結核を患った近所の女の、今ここにいる姪——化粧をしていない鋭い顔だち、ハシバミ色の目だけがコール墨で黒くなり、ゆっくりしたやり方で相手をまじまじと見つめるこの見知らぬ女——のやって来たことが思い出の竜巻を引き起こす。

「ズリハのことを尋ねに来るジャーナリストたちに向き合っていると」、ハニアはやっとはっきり言う、「わたしは言葉を繰り広げながら……（彼女は不意に、さらに磨きのかかったアラビア語に移る）、ズリハについて話しながら、今度はわたしがズリハを殺すような気になるのよ！」

ミナは感情が高まり、つぎつぎと部屋の奥に入り込む――彼女はもう戻ってこない、まるで暗がりの中に溶けてしまったように。

「あなたと一緒に」、ハニアは客の皿にアーモンドと蜂蜜でねばねばした骨付きロースを並べながら、言葉を継ぐ、「あなたと一緒に（彼女はためらい、フランス語に戻る）、ズリハのことを話せば、わたしは気が楽になる、心を苛む（さいな）つらい思いを忘れてすっきりするわ。ああ、わたしがズリハのこと（わかるかしら、わたしはうまく『わたしの母』って言うことができないのよ、生きていたときから、いつも名前で呼んでいたから）を誇りに思っていると、街のほかの女たちが今日、考えているのをよく知っているわ。彼女たち、セザレーの女たちは、わたしが誇らしさをひけらかすと考えている。彼女たちはほとんどみんな閉じこもっていた。確かにおびえていた、でも、安全な場所にいた……ズリハは、そうじゃなかった！　わたしがくみ尽くせなかった喪失感が、暗い穴がわたしの中で深くなってゆく！」

「ああ、あなたが戻ってくるまでこんなに長い時間がかかった」、彼女ははっきりしない声で続ける、「この家のそばで亡くなったフリアの姪のあなた、うわさではほとんど世界を一周したそうね。でも、あなたの何をとがめるというの、あなたはわたしたちのところへ戻ってきた、それがいちばん大切なことじゃないかしら？」

ミナは台所で蛇口を開く。顔に冷たい水をかけるにちがいない！　とハニアは考える。すぐにここに戻ってくる！

「そうよ」彼女は、とりとめのない思いを口に出しながら、続ける。「わたしの心の中に傷が残っている……実際は（彼女は声を張り上げる）、ズリハはわたしたちに、二人の娘にひどく寂しい思いをさせているわ！」

彼女は、その大きな胸を家事のエプロンで締めつけたまま、顔をふくこともなく涙を流し、ひきつったようにしゃくり上げて泣いている。

訪問者はそのむき出しになった腕に手を置いた。ミナは小股で戻ってきて、姉に向き合って座る。姉のためにコップに水を入れ、そこに橙花水（とうかすい）を数滴注ぐ。

「飲んでちょうだい、ハビバ」（彼女は姉をそんなふうに、つまり、「わたしの友」と呼ぶ）「飲んでちょうだい、きっとよく効くわ」

女主人が心ゆくまで涙を流し、コップにわずかに口をつけているとき、客はこわばった声で、発言する。

「だれもが、ああ、ハニア、だれもがあなたはズリハに双子の姉妹のように似てるって言ってますよ！」

姉は、指輪だらけの手でぬぐい始めた涙の中で、突然、誇らしげに微笑する。

「四十歳を過ぎて、母が姿を消した年齢に近づいた今、とりわけね」

ハニアは頭を空の方にのけぞらせ、震える片方の手だけを上げる。こわばり、広げた指、そして動揺する声。

「あそこに、大気の中に、あの埃の中に、かんかん照りの中にとどまっているズリハ……ひょっとすると、わたしたちの話を聞き、わたしたちにそっと触れている！」

彼女は落ち着きを取り戻し、まぶたを閉じる、そして、首と顔のすべての筋肉を使って長い間、呼吸しようと努める。

「もちろん」と彼女は付け加える、「ズリハはわたしたちの目には隠れたままよ、でも、戻ってくる準備はできているわ、どうしてそうでないことがあって？」

ハニアは威厳をもって、驚くほどゆったりとした動作で、立ち上がる。

「何よりも」と彼女は、かすかに笑みのようなものを見せ、悲劇女優の口調になって宣言する、「ズリハは、だからけっして年を取らなかったわ。（彼女は再び座る。）永久に、わたしの姉になったのよ……わたしの双子の姉？　そうだといいわね」

二人の女はどちらも身動きしない。彼女の話を聞いている。

「結局」――声は和らげられ、うつろな目になって、ハニアは霧の中に沈む――「わたしがせいぜい二十歳で、ズリハは四十歳だったわ、本当に最後に、ズリハがわたしたち、つまり、わたしの夫とわたしに託す幼い子どもたちのためにわたしに多くの忠告をしたとき、わたしたちは、長い時間、話し合ったわ……二人の姉妹のように」

「それでも、姉さんは」とミナが小声で指摘する、「去年、母さんの生涯を映画化したとき母さんの役を演じることを拒んだわ」

「それは、それは別のことよ!」

ハニアは、険しくなり、訪問者に証言を求める、「彼らはそうすることでズリハの思い出から解放されると思っているのかしら?」

通りから聞こえてくる子どもたちのわずかな笑い声が時折、沈黙を中断する。

「それはねえ」ハニアがミナに向かって話を続ける、「確かに、わたしは、彼らが好んで言うように〈芸術〉の分野(彼女はためらう)に詳しくはないわ。でも……(彼女は論拠を探す)でも、まず初めに敬意がなければ……」

「敬意それとも正確さ?」とよそ者の女はためらいがちに尋ねる。

「敬意よ」とハニアは繰り返す。「母は単にヒロインとしてだけでなく、一人の女としてもう一度、殺されることだとわたしは思うのよ、もしそれが母をテレビの映像でそんなふうにさらすのであれば……（彼女は熟考する）、家庭でラマダンの食事がまさに始められようとするとき無造作に映し出される姿……」

ミナがライオン夫人の小さく、暗い部屋の一つでうずくまっている夜、ハニア――この名の意味は〈心の和んだ女〉だ――の心は和まない。いつもながらの不眠だ、今となっては、夜が明けるまで起きているだけだ、と彼女は考える。これまでのように、ミナは、一日の暑さが噴き出す前に――それぞれのパティオで主婦が大きな缶からとめどなく流れる水で床に敷いたオレンジ色や緑色があせて磨り減ったタイルを洗う時刻に戻ってくるだろう。

ミナは向かいの家の娘たちの一人、影のようについて回っている娘と一緒に帰宅するだろう――ヤスミナは隅に座って、羊の骨のお手玉（子どもの頃、ミナが使っていた、そしてハニアが少女のためにとっておいたお手玉）で遊ぶだろう。ヤスミナは〈アルジェの女〉――ヤスミナはミナをこう呼んでいるが、これはあまりハニアの気に入らない――に伝統音楽でもなく、流行の軽い曲でもない音楽が聴きたいと言うだろう。モーツァルトのソナタを聴いた後、少女は「あの音楽」と言う。そして、二人は上の部屋に閉じこもるだろう。

そういうわけで、ハニアは考える、セザレーのヒロイン、ズリハの娘である妹はほとんどアルジェの女になろうとしている。それは正しいことじゃない！　夜の汚れのない心の中で、不眠ゆえの長談義が続く、ハニアにはそれがわかっている。寝床を離れて、彼女は自分がきれいにしたこの家の隅から隅まで足を運ぶ——主婦としての彼女の手はさらに整理しようとする——置物が一つ、覆いが一つ、ふさわしい場所に置かれていない。

彼女は、一週間ずっと待っていた妹が不在であることに我慢できなくなっているのだろうか？そうではない、ミナには休暇の初めはいつも外出することが必要なのだ。慣れ親しんだ場所や街角、街に残っている高校時代(リセ)の友人たち二、三人の家を再び目にするために。彼女はそのあとで街の東の入口にあるシディ・ブラヒムの聖堂に行くだろう。彼女は農婦たちの話を聞き、彼女たちと話すのがたいそう好きだ。浜辺に行くよりずっといいのよ、わたしには！　と彼女は言い訳をするだろう。

ハニアは、夜間に、昼間に、こんなふうに苦しむ。弟が一年後に結婚すれば、何をするだろう？弟は家を出るだろう——おそらく街からも。彼女はときどき期待する——ミナがとうとう夫を得たら？　夫ができれば、妹は、どうしてここで、彼女の母の家で、自分の場所を再び取り戻さないことがあるだろう？

心の和んだ女、ハニアの声

それは一九五七年春のことでした。アルジェで外科手術を受けたばかりの夫が退院してセザレーに帰ってきました。

「お母さんはどこにいるのかい？」と夫が尋ねました。

わたしはすぐには話したくありませんでした。

「ハンマームよ」と答えました。

わたしには夫が気分が優れないように見えたので、夫をいたわりたかったのです……それから、数時間後、がまんすることができずに、すべてを夫に話しました――

「母さんは隠れているわ。あんたに話をするのを待っているのよ！　そのあとで発つでしょう」

そこで、母はわたしの夫と話し合うために、もっとも、何日も何日も前からズリハの住まいが周囲から監視され、見張られていることをわたしたちは知っていましたから、遠くないところにある信頼できる家に行くために、母はベールで全身を覆って、身を隠していた場所から出ました。

母は二つの境界壁を飛び越え、テラスから降りました、こうして母は、人に知られず、婿と差し向かいで話すことができたのです。

二人は話しました。幼い子どもたち、つまり、わたしの妹と末っ子の弟についてすべて意見が一致しました。それから、母はやって来たときと同じように、街の上の果樹園の家まで戻っていきました。母はここ何週間かそこに身を隠していたのです。

母がマキに登るために人々が迎えに来たのはそこでした。

わたしたち、つまり夫とわたしは最後まで子どもたちへの責任を担いました。それから、何か月も、それに続く年も、ズリハはセザレーの上に切り立つ山の中で暮らしたのです。

神様に誓って確かなことですが、あの時代はずっと、安心して眠ることができました――わたしにはわかっていました、そうです、ズリハがついに心の命ずる生活を手に入れたことがわたしにはわかっていたのです。ある日、それは木曜日でしたが、一通の電報と手紙が同時にわたしたちのもとに届きました。そのどちらにも、「ママンはアジア風邪を引いている」という言葉がありました。わたしたち二人はともに、母に危険が迫っていることを理解しました。

夫は数か月前に奥地の遠く離れた村、ビュルドーの役場で仕事に戻っていました。子どもたちは学校があるので、街のわたしたちの家にとどまっていなければなりませんでした。親戚の女が面倒を見てくれていました。子どもたちから便りが定期的に届いていました。夫は村での職務を離れることができませんでした。ズリハについてのこの気がかりな言葉から、わたしができるだけ早くセザレーに戻る必要がありました。

この地方では移動は困難でした――週に二度、輸送隊が編成されていましたが、それ以外の車は一切通ることはできませんでした。わたしは夫に頼み込みました、事態が切迫していると感じたからです。夫は『アルジェのこだま（エコー・ダルジェ）』紙の車を待ち構えました。朝の九時にそこを通り、アルジェまで戻る運転手を知っていたのです。この男は夫への友情からわたしが傍らに乗ることを承知してくれました。

「途中で、ミティージャのエル・アフルンで降ります！」とわたしは運転手に言いました、「そこからはうまくやりますわ」

だから彼はその村の入口にあるガソリンスタンドで降ろしてくれました。わたしはそこでセザレー行きの長距離バスを待つつもりでした。けれども、がまんできなくなり、結局、マレンゴに行くトラックを止めました。マレンゴは母の村で、わたしもそこで生まれたのです。わたしはこの集落を出て、別のガソリンスタンドに陣取りました。ジュリーク（シディ・アマル）の村に行くトラックを止めました。わたしはそこで降り、それからこの村のワイン醸造共同組合の貯蔵庫まで歩いて行く（二、三キロの道のりです）ことにしました――そうすれば目的地に近づきます。実際、アルジェからまっすぐに来て、わたしの街に至る国道がそこを通っています。わたしはまたしても運がよかったのです――もう一度、ヒッチハイクをしました、こうしてセザレーに入りました。

当然のことながら、わたしは、夫を残してきたビュルドーを出て以来、ベールをたたみ、かばんの中に隠していました。ですからヨーロッパ人の女のような服装をしているわたしは、コルシカ人かユダヤ人、要するに、彼らの家の女中と取り違えられました。ベールを隠し、まったく訛りのないフランス語を話して、わたしは容易に移動することができたのです。

わたしの街に入ると、とある家の玄関先で、ゆっくりと都会の女のベールを再び被りました、そして、わたし自身に戻り、母の住まいに駆けつけました。子どもたちはわたしを見て、大喜びしました。わたしの心配事については何も話しませんでした。わたしは着替えました。午後の四時でした。

それから夫が薦めてくれた弁護士の家に直行しました。信用できるフランス人でした、それに彼はわたしたちのことを知っていました。わたしを礼儀正しく丁重に迎え、わたしの手をしっかり握りました。

「幸いにもあなたはいらっしゃった！　時間がかかりましたね」

「今日初めて、知らせを聞いたのです。ビュルドーで郵便が遅れたのです」

「ご安心ください。彼らは重要な作戦の間にほかの人々とあなたのお母さんを、どうやら、地下組織をそっくり捕らえたのですな。だが、お母さんだけが女性です。私には自信があります。

お母さんの当面の自由を獲得するためにあらゆることをやるつもりです……月曜日にもう一度、来てください」

わたしは彼に前金を支払い、ほぼ安心して、帰宅しました。

月曜日、半ば楽観して、弁護士の家を再び訪れました。彼がわたしを迎えたとき、もはや同じ人間ではありませんでした——彼はわたしの手に触れることもなく、あいさつしました。冷ややかな顔つきでした。

彼は引出しから前金を取り出し、それをわたしに差し出しました。わたしはあっけにとられました。

「これはあなたのお金です、奥様。きわめて残念に思います。私は壁にぶつかりました。どうすることもできません！　だれ一人あなたのお母さんについてどんなに些細なことも私に言おうとしてくれませんでした」

この夜、わたしに追いつくことができた夫は、翌日、弁護士に会いに行きました。夫には彼は何一つ隠そうとはしませんでした——

「確かに、ズリハ・ウダイは捕らえられ、そのあとで打ち殺されました」

夫はすかさず言葉を返しました——

「それでは、せめて遺体をわたしたちに返してほしい。助けていただきたい！」

「残念に思います」と弁護士は答えました。「遺体をお返しするのは不可能だと私にはわかっています」

それから三年の間、相反する情報が伝えられました。「彼女は殺された！」という者たちもいれば、「殺されてはいない！　独房に監禁されている！……」という者たちもいました。月日が過ぎていきました。わたしたちの家の戸口を叩き、「これこれの牢獄で見かけた！」とささやいて、姿を消した者がいました。別の男が、とある収容所で、遠くからズリハだと指されたと断言しました。もっと後になって、三人目の男は、拘留場所を移動していた囚人たちの集団の中にズリハがいたと確信していました。「あれがあの有名なウダイ夫人だ！　と、はっきり言われたのです」こんな具合でした、六二年三月の停戦までは。

わたしは希望と絶望を代わる代わる体験しました。母の名を口にすることはもうできませんでした……そして、思春期だったかわいそうなミナは何でもないことで、だれかが家に訪ねてくるたびに……びくっとしていました。わたしはあの歳月を本当に過ごしたのでしょうか？

それでもわたしは、あの忌まわしい日に、集まった部族の老農夫たち皆の目の前で母が連れ出されたあの森までわたしたちが行くことができればすぐに、わたしは母を捜し、生きていようと、死んでいようと、母を見つけ出せると確信していました！……わたしはそのことを確信していました。何度か、わたしは夢の中で母の墓を見ました、ぽつんと離れた立派な記念碑でした。わたしはこの霊廟の前でいつまでも泣いていました。わたしは涙にぬれて目を覚ましました、それでも子どもたちのことを考えて、いつもの顔に戻らなければなりませんでした。

そうです、待っていたあの歳月をわたしは本当に生きたのでしょうか、それとも、母、ズリハのように生きていると夢で見たのではなかったでしょうか、母を範とした、影のわたしは？……いずれにしても、シディ・アブデルカデル・エル＝ジレニやわたしたちのあらゆる聖人にかけて、母の墓を捜し出すことを、そして、夢の中でのように、やっと安堵して涙を流すことをわたしは疑いませんでした！　わたしのおちびさんのミナ、歯をくいしばって、涙を見せずに、ひたすら書物の中に沈んで成長したミナは、ズリハは生きている！　というあの希望を頑なに持ち続けたとわたしは確信しています。

停戦から数日後（突然、ひどく弱々しい娘になった妹には何も言いませんでした）、夫はわたしをこっそりウダイの村まで連れて行ってくれました。あの逮捕の日、母がどこから連れ出されたか、彼らは正確に知っているかもしれません。わたしは暗い森に入りました。南側全体で何百本というモミの木がナパーム弾で焼き払われてしまっていても、奥深い森でした。

一人の農夫がわたしたちと一緒に来てくれ、鎖につながれたズリハとゲリラ隊員の三人のリーダーが引き立てられた空き地を指さしました。年老いた目撃者はわたしたちに言いました。

「あそこに防水シートで覆ったトラックがいたんだ！　向こう側には、兵士たちでいっぱいの戦車が二、三台。一人の将校と原住民部隊の騎兵たちがトラックを取り囲んでいたよ。向こうにヘリコプターが止まっていた……わしにはまだプロペラの音が聞こえる」

農夫はほかのことは何も言いませんでした、母がそのあとでどのように運ばれていったかさえ。防水シートで覆ったトラックに乗せられたのか、それとも、うわさが伝えたように、直接ヘリコプターに乗せられたのか。最後に目撃されたこの事実から、母は、逮捕されたまさにその日、ヘリコプターから突き落とされたらしいといううわさが広まっていました。わたしはそれを信じませんでした、母のような囚人なら、彼らは長い間尋問したにちがいありませんから！

もっとも、マキではそのあとで、「ズリハがひと言も話さなかったから、何一つ白状しなかったから、とうとう、さんざん拷問を受けた後で森の中に放り出されたのさ！　ジャッカルの餌食になったのさ！」とうわさされたようでした。

目撃者は——ときどき矛盾したことを言いました、何しろひどく年老いていましたから！——帰って行きました。わたしたちはその広大な森で丸一日を過ごしました。わたしは母の何かが見つけられると確信していました、信じ切っていました。母の戦友たち、命拾いした戦友たちが母をたたえて建てた標識、しるし……でも何一つありませんでした。

いばらや茂みの中を手探りで行なった、あの捜索について何と言うべきでしょう？　それから、わたしの夢にむなしく現れる、荘厳な母の墓については？　わたしは夕暮れまでさまよい歩き続けました。「どこで母の亡きがらを見つけることができるの？」わたしは声を張り上げていました、空の鳥たちに向かってこの言葉を大声で叫ばないよう両手で口を閉ざして。

どれほど些細なしるしでもわたしの目に入れば、ええ、もちろん、わたしは際限なく歌ったことでしょう。「わたしは見つけた、強固な意志と信念のおかげでわたしは母の無傷な亡きがらを捜し出した！」ああ、何ということ！　石の上にも、溝の中にも、樫の木の幹にも、ほんのわずかな痕跡さえありませんでした。何一つ……

わたしに言ってください、かくも長い時間をへてやって来たあなた、どこで母の亡きがらを見つけることができるというのですか？

こんなふうに、か細く低い言葉で、長く続く不眠に疲れたズリハの長女はいっぱいになる。彼女は自分だけのために話し続ける。一息つくこともなく。厳然と存在する過去を。それは突然の発熱のように彼女を襲う。半年に一度。ときには年に一度だけ。そしてこの病気は弱まる傾向にある。

彼女を疲労困憊させ、外に流れ出るが失われることのない卵白のように……ときどき心の中で彼女をむかつかせるこの切れ目のない言葉は、ちょうど十年前、彼女の中に芽生えた。空虚。と同時に、彼女の大きな体の奥底ばかりでなく、ときどき、ひどく透きとおったその皮膚を真っ赤にするほど表面近くでよく響く低い声のつぶやき。緊張のあまり疲れ果てた皮膚。ほとんど完全に途方に暮れたために締めつけられた喉！

こうした症状は月のうち、何日か一定の日に顕著に現れる――そうしたときハニアは横になっている。果てしない瞑想にふけるように、黙ったまま、自分の声に耳を傾ける。時おり、何日も続けて！　彼女の中で言葉が流れる（その血管から、その薄暗い臓腑から流れ出て、ときどき頭に上り、こめかみで脈打ち、耳で響き、あるいは、突然、周囲の人々がくすんだバラ色や緑色の中でぼんやり見えるほどその視力をかすませる）。果てしなく母を捜し求める、もっと正確には、と彼女は考える、汗をかき、発散するのは娘の中にいる母だ、そう、それは娘の毛穴からだ。

いつの日か、聾唖の女のように粘り強くかたくなな、彼女の中の母が、不意にささやきながら、森まで、隠されたその墓まで彼女を導くだろう、それは確かだ。

いや、そうではなかった！　戦争が終わっても、彼女が待っていたこの結末は何一つ起こらない――ズリハの亡きがらをどこで見つけるというのか？

この失望の後でよく響く出血のようなものが続く。まさしく森を探索したあの日以来、彼女にはもう二度と月経がなかった。彼女はそのことに注意を払わない。隣人の女たち、親戚の女たちは、彼女が何も言わず病床にふしていると、尋ねる――「いつ妊娠を知らせてくれるの？　出産は？」

ハニアは答えない。彼女にはわかっている。取りつかれているのだ——かつては、女たちは「付きまとわれている」、「取りつかれている」と言っていた——アラビア語で、彼女たちはメスクナートとあだ名されていた——だが、その当時、それは鬼神（ジン）に関わることで、善霊であれ悪霊であれ、こうした不幸な女たちはそれと折合いをつけるなり、文句を言わずに、時には生涯ずっと、それに服従しなければならなかった。彼女たちを支配し、彼女たちを内部から責め立てる、目に見えない、不幸をもたらす愛人のようなものだ。女たちにはその当時、わかっていたが、恐れをなした共犯者として心ならずも口をつぐんでいたのだ。

ところで、フランスに対する戦争以来、これら奇妙な被造物はことごとく——ズリハはそれらをけっして信じなかったし、ハニアに「そんなくだらない話」を信用しないよう教えていた——おそらく別の空の下に逃げてしまったのだ。

第3章　ズリハの最初のモノローグ、セザレーのテラスの上で

彼らがわたしを森から連れ出し、わたしが暗がりから出たとき、わたしを驚かせたのは、かなり低音でモーターがうなっていた二、三機のヘリコプターの真下で大きな半円形に集まっていた農夫たちではない、そうではない、わたしのいとしい娘よ、わたしのぴくぴく動く肝臓よ、わたしの顔に、目に、疲れ果てた全身（何日も何夜も前からわたしは疲労を感じていなかった）に飛び込んだもの、それは光だった！

まるで大天使ガブリエルが、空中に一本一本逆立ったわたしの髪の毛や、埃をかぶったわたしの農作業着の擦り切れた縁を摑んで、今にもわたしを抱き上げ、群衆やびっしり集まった兵士たちの上をわたしに舞わせ、それから、陽光にきらめいているわたしを、向こうの街の上に、灯台とローマ広場の先に、そして、わたしたちのみすぼらしいパティオにうずくまって頭を上げてい

るおまえの上にしだいに傾かせようとするかのように。

わたしが歩いている間ずっと、見張りの男たちがわたしを取り囲んでいた。ざわめき。見物人たちの中にいた一人の老人が兵士の列を突き飛ばしてうまくわたしに近づき、わたしの褐色の服の毛糸の端をつかんでわたしをわきに引き寄せ、ほとんど泣きじゃくりながらわたしの名を呼んだ――

「ズリハ！　ああ、わしのハッジャ〔メッカ巡礼に行った女性、の意〕！」

老人はわたしを気高くしていた。彼は乱暴に押し返された。

「辛抱強く待って、ああ、わたしの息子」とわたしは答えた。

今度はわたしが彼を若返らせていた。彼はわたしの言葉を聞かなかった。彼の姿はもう見えなかった。実際、白く、非現実的な光がわたしたちにあふれ、わたしたちすべての者の目をくらませていた。わたしは一番手前の軍用トラックのところまで進みながら、彼ら、虐待者、無言の狩人、兜(かぶと)と榴弾(りゅうだん)で装備した灰色の男たちが、わたしをただちに清めの大気の中に散らそうとしているとひたすら考えていた。

あの朝、わたしはおまえのことを思い浮かべた――十時、小さな中庭で赤いゼラニウムの傍で、今では半ば日焼けしたジャスミンの方に向いて、十二歳の主婦のおまえが真剣な面持ちで水をじゃあじゃあ流してちびの裸のお尻と足をきっと洗っている。わたしの末っ子のお尻と足を。六歳、わたしたちを心配させるあの斜視！　向かいの家の女がおまえにこんにちはを言ったばかりだ。隣人の女は怖がり始めている。みすぼらしくなった、昔からのパティオまでスパイたちが……

トラックは防水シートで覆われている。彼らがもうすぐわたしを担ぎ上げるそのヘリコプターの中から、きっと、ああ、きっと、わたしはやっと見つめることができるだろう。

おまえを見つめる、わたしの肝臓、わたしの紡錘形の小さな体！　赤く染まった巻き毛の下の期待で緊張したおまえの顔、薄い胸の上で交差させたおまえのひじ、こめかみの上のほくろ……おまえが洞窟を出てゆくまでわたしは毎晩おまえを愛撫した。わたしのために用意されたヘリコプターの中で、上から、おまえが現れるのを待ち構えさせてくれるだろうか？　彼らは旧港の真上で、熟しすぎて山の斜面に捨てられるイチジクのようにわたしを突き落とす危険がある。ああ、ミナ、血まみれの足、引っ詰めにされた髪（きらめく天空で舞い上がるだろう）、彼らがまさに拷問しようとしている平皿のような胸、それでも放り出されるだろうあの高みから、わたしはまず初めにおまえを凝視する……

彼らは今のところあざ笑い、わめき、顔をしかめている――

「ヘリコプターの拷問が嫌なら、おまえが話すか、おまえが地下組織や部隊や悪党たちの名を明かすか、共犯の部族の長（おさ）たちを示すか、白いツバメのベールに隠れて陰謀を企てるブルジョワの女たちや街にいるおまえの同志たちの名を明かすか……あるいは……」

×××の拷問。彼らの隠語など何になる？　真昼の厳しく照りつける光にさらされ、焼かれたわたしの体、それでも、おまえをもっとよく見、おまえを愛撫する自分を想像したい。

防水シートで覆われたトラックがとどろく。三、四人の下士官がわたしのために列を作る。わたしはまもなくよじ登る、彼らには重すぎ、尊大にすぎ、あまりに……。

その時、半円形に集まった証人の農夫たちはじりじりと近づき始めた。多数の目をもつ巨大なカメの這って進む足のように……円が引き裂かれる——最前列にいる彼らが見分けられる——二、三人の老人たち、かんかん照りで、日焼けして黒くなった顔、そばに、ブロンドの薄汚れた髪の子どもたちの群れ、だが、少女はいない、女たちもいない——ベールですっかり包まれたただ一つの人影が、突然、感情の高まりに、怒りのこぶしを挙げる。一本の腕、錫(すず)か光沢を失った銀のブレスレットを二つ、三つした、むき出しで節くれだった腕。ブレスレットは朝の光線を引き寄せる……ヘンナ染料で赤く染まり、脅しのようにフランス人下士官たちの方に挙げられたそのこぶし！

ひどく近くに見える、農民たちのしわの刻まれた顔……包まれたシルエットの、だれのだか見分けのつかないこぶしのせいで、わたしは喜びが激しく爆発するのを感じる——だが、上昇しようとするヘリコプターのうなりや、この群衆を後退させるために駆けつける兵士たちの命令が聞こえる。

ベールをかぶった女のせいで、そして、もう目をくらませず、わたしたちを後光のように包むこの光のせいで——まるで、いつも目を開けて、期待に顔を緊張させて見ているおまえのために、わたしたちが皆で、衛兵たちや彼らの騒々しい装備も含めて、まどろんだ都市のために古代の見世物のリハーサルらしきものを始めるかのように。

ああ、わたしのミナ、不在でありながらそばにいるおまえ、わたしたちの小さな中庭にいるおまえを思い浮かべている！　いつの日か、おまえはここまで、彼らがわたしを今や運び去ろうとしているこの場所まで飛んでくるだろう。わたしが上昇するこの場所までおまえは駆けつけるだろう……


一瞬のうちにわたしは引き離された——衛兵の一人が重火器をわたしの肩に押しつけた。名前のわからない女が、だれだかわからない女たちすべてがまだ挙げたままでいるこぶしにわたしは話しかける、こわばった老人たちの顔をわたしは凝視する、すべての顔が無言の涙にぬれているのをわたしは目にする。

「なぜあなた方は泣いているのです？」わたしは声を張り上げる、わたしは熱烈に朗唱する、それは一度だけ、たった一度だけ、麻痺した街の中心にいるおまえがわたしの声を聞くだろうと、鎖につながれた街のすべての人がわたしの声を聞くだろうと思うから！

「なぜあなた方は泣いているのです？」わたしは一語一語はっきり発音する――不意に軽やかになったわたしの体は向きを変え、衛兵やトラックや奥まった場所にいる軍隊や着陸するヘリコプターに顔を向ける。

「すべてを見てください（わたしの身ぶりはふたたび、この麻痺した光景を見ているおまえに向けられる、二十日後であれ二十年後であれ、それが何だろう、わたしの身ぶりは彼らの軍隊の重装備を告発している）、見てください、ああ、わたしの兄弟たち、すべてはただ一人の女のためなのです！」

一番近くにいる衛兵の銃がわたしの背中に襲いかかる。わたしは思わず飛び上がり、よろよろせずにすむ。彼らは次に三人がかりでわたしを力ずくで抱え、トラックの防水シートの下に押し込むにちがいない。

一瞬のうちに、わたしは光から締め出された。そのあと、底なしの闇。通過しなければならない鍛冶場の火のように、牙のある肉体の苦痛――なぜそのことについてここで語る必要があるだろう……

わたしの愛する娘、わたしは連れて行かれるけれども、この声だけを記憶に留めておくれ、心にとどめておくれ――いつの日か、おまえのもとに届くだろう、森から出た、朝のわたしの声

——そして、この太陽を忘れずにいておくれ。

いつか、人生で初めて涙が流れるにまかせた農民たちの何人かの顔を捜し出しておくれ！　女たちの中のだれがこんなふうにこぶしを挙げたのか見分けておくれ、そう、使い古した白いウール、薄汚れたウールのどんなベールをかぶっていようとも、そして、黒ずんだ目を伏せていようとも、その女を捜し出しておくれ。もう一方の手も。鼻と激情的な口を覆い隠していたもう一方の手、錫か輝きを失った銀の同じブレスレットをしたもう一方の手を触り、愛撫しておくれ、たとえ二十年後であろうとも！

わたしの演説、わたしの陶酔した反逆が、わたしたちの無尽蔵の光の中でよみがえるだろう、そのとき、まさに正午前にその光がきらめき、それから、セザレーの上で消えるように思われる。

わたしにはわかっている、おまえはいつまでも見ているだろう。わたしにはわかっている、おまえはいつの日か駆けつけるだろう、きっとひざの皮膚をすりむくだろう、だが、おまえはわたしに近づくだろう、かくも近くに——ああ、今日、わたしの王女のミナ！

第4章 「友よ、妹よ、子どもたちのことが心に重くのしかかる!」と母はわたしに言った

弟の婚約式がやっと終わったので、ミナは、その翌日、よそから来た女をホテルに迎えにいく。彼女は最近、小さな車を買った。ダーラ山脈に連なる山の中腹の丘に住んでいるおばのゾフラ・ウダイの家まで送ることを申し出る。

車を運転するミナは、険しい小道を進んでいるとき、父方の部族に触れる。

「ハッジュ・ウダイ、あるいは簡単にエル・ハッジュ、街では、とりわけ戦争が始まって最初の二年間の民族主義的な地下組織の間ではこの名で通っていました。わたしの父、つまり、わたしの母の……三人目の夫はとても厳格に信仰の勤めを果たすイスラム教徒でした……」

ミナの傍らにいる旅人は思い出す——

「四五年五月八日、国の東部全体が戦火に包まれ、やがて、恐ろしい弾圧にさらされていたとき、

ここ、セザレーではとある陰謀が崩されたことをわたしは知っている。兵舎近くの兵器庫の戸口を爆破させ、多くの武器を奪取するために爆薬が準備されていたわ。陰謀の加担者たちは事に取りかかりさえしないうちに裏切られ、四、五人の若い闘士に加えてカビール人の下士官が逮捕された。彼らの一人、わたしの母方の祖母の甥が死刑を宣告され、そのあと終身刑になったことをとくに覚えているわ。とても小さかったけれど、わたしたちの家で、遺体は安置されていないのに、お悔やみを受けているその母親の周りの奇妙な喪の光景を鮮明に記憶している……」

「一九四五年ですって? その年の終わりに、ズリハは父に出会ったと思います。二人は翌年に結婚しました。ハジュート出身の母はセザレーに身を落ち着けましたが、ここのいっそう保守的なしきたりのために、ほかの住民たちと同じように暮らす、つまり、ベールをかぶり、家庭に閉じこもることを承知したのです」

「あなたのお父さんは、お姉さんのハニアが以前、話してくれたことだけど、家畜仲買人だったんですって? これから行くのは彼の部族なの?」

「エル・ハッジュは——五二年か五三年にメッカに巡礼をしたとき——エジプトやシリアも訪れ、政治的立場を変えて戻って来たって、姉(母と最初の夫との間に生まれました)が説明してくれました。それまで父は何人かの有力者たちとともにアラビア語教育のための民間の——少年少女向けの宗教学校(メデルサ)の設立に協力していました。(彼女はぼんやりし、それから言葉を続ける

――）その学校は大きな家の中におかれました――その家は、異郷の出身ですが、その愛国主義的信条のためにセザレーに追放されていた富裕なアラブ人の所有物でした。彼は追放者（メンフィ）と呼ばれていました。何年か後に移動の自由を取り戻したとき、彼はこの宗教学校をそこに開設するという条件で、家を永代財産として街の住民たちに贈与しました。アラビア語教育の近代化がやっと試みられたのです」

「わたしは覚えているわ」とさほどよそ者ではない、よそから来た女がつぶやく。「その学校に通っていた従姉妹の一人が高尚なアラビア語で、あの……十歳ばかりの子どもたちのための童（わらべ）歌（うた）を歌っていたわ」――

わたしたちにはただ一つの言葉、アラビア語がある
わたしたちにはただ一つの信仰、イスラム教がある
わたしたちにはただ一つの大地、アルジェリアがある！

彼女は自信のない調子で歌を口ずさみ、付け加える――

「そのリズムは本当に心を駆り立てるものだった！　わたしはびっくりしていたわ！」彼女は思い出す。

「わたしも」とミナが彼女の話をさえぎる、「わたしはあなた方の数年後に、その讃歌を知りました。わたしには……少し短絡的に思われました。結局のところ、〈一つを三倍〉の決まりですから。イスラム教は三番目の一神教だから、神聖この上ない単一性をぜひとも三倍にしたいのでしょうか？」

「今度はわたしたちが歌いましょう」と連れの女が提案する——

わたしたちには三つの言葉がある、まず初めにベルベル語！

わたしたちには三つの愛がある——

アブラハム、イエス……そして　ムハンマド！

それに、宗教もそうだから——

ミナがゲームの競争心に駆られて応酬する間、二人は花盛りの果樹園が続く丘に近づく——

「わたしたちの偉大な祖先を思い起こすこともできます——

ユグルタは裏切られ、故郷から遠く離れたローマで死んだ、
オレス山地の女王カヒナは打ち負かされ、井戸のそばで自ら命を絶った——
アブデルカデルは国外に追われ、ダマスカスで息絶えた、イブン・アラビーのそばで！

〈同じ大地の上で、三つのゲーム——三つの言語、三つの宗教、三人の抵抗の英雄、この方が良くはないか？〉ただし、この結論を訪問者は大きな声で言わなかった、ただ自分ひとりに向けて。

小さな集落に到着。ナツメの木の生け垣に囲まれた小さな農家の前にミナは車を止める——二人の女友だちは陽気に結託しているように見える。

ミナのおば、しわの刻まれた顔のゾフラ・ウダイは目に微笑を浮かべて戸口で二人を迎える。到着した女たちはしきたりにのっとって挨拶する——夫人の指に唇を軽く触れ、それから身をかがめて夫人の肩に口づけする。夫人からジャスミンの香りがし、かすかに浮かんだその微笑は穏やかに待っていたことを語る。

ウダイ夫人は二人のために田舎風の窯(かま)で焼いた大麦パンを用意した。蜂蜜で少し柔らかくなった、朝のガレットも出す。

色を塗った木でこしらえた低いテーブルの周りで、女主人は、彩色した丈の高いグラスに入れ

たカサマツの種子の上に湯気を立てているお茶を注ぐ――訪問客に長い間、視線を向けた後で、夫人は気難しい声で乱暴に呼びかける――

「ズリハ・ウダイについて尋ねているというのはあんただね」――彼女は言い直す、それにもっと優しい口調で――「〈わたしたちの〉ズリハについて?」

「わたしは何年もの亡命生活の後で国に戻って来ました。セザレーにやってきたとき、父の古い家に住むことができていれば、きっと、もっと早くあなたに会いにきたことでしょう」

「どんな猶予も、どんな遅れも」、ゾフラ・ウダイは日常的なアラブの諺を根拠としながら断言する、「何か隠れた善を秘めているものさ、それを疑わないことだよ……」

一番柔らかいガレットを客のために指で選びながら、今度は夫人がもっと率直に微笑む。

「たとえあんたが何年か後にわたしたちのところに来ようとも、わたしたちは」と夫人は締めくくる、「わたしたちの言葉は変わらない。わたしたちの思い出は、この石のように(その手はそばのすり減った床張りをたたく)消すことはできないんだよ!」

夫人は熱情を込めたその話を突然止め、不意に放心したまなざしで遠くを見、それから感じ取れないほどの悲しみをこめて付け加える――

「わたしたちの心の中のつらい思いだけが……残るのさ!」

晩春の午後が流れる中、果樹園に囲まれた家で、過ぎ去ったときを思い起こす。それから二人の若い女は再び車に乗る。訪問者はミモザの大きな花束を両腕に抱えて。帰路、いつまでも香りを放ち続けている花の中にときどき顔を埋めて、彼女はゾフラ・ウダイの言葉を脈絡なく断片的に思い出す。

「もしこの丈の低いテーブルが語ることができるのであれば……これが焼失した家でわたしに残っているただ一つの思い出の品だよ。（沈黙の後で――）ズリハは、村を訪れるとき、薬品を運んできた、火薬を運んできた、お金を持ってきたのさ！……老女に変装して――あの頃はまだひどく美しかったが――、入れ歯を外し、髪の毛を引っ詰めにして光沢のある黒とオレンジ色のサージ〔綾織物〕の頭巾で隠していた、この地方で農婦が好んでかぶるものさ――擦り切れたウールの古い布切れを頭と肩に継ぎ足していた、まるで物乞いのようにね。（街にいれば、ぜいたくに暮らすことができただろうに、彼らの、彼女とエル・ハッジュのお金はすべて、その大部分が初めはメデルサに、それから、〈組織〉のために使われたのさ、公然の戦いのときがすでに告げられていたからね！）」

ゾフラ・ウダイは首を振り、この過去の回想に耽った――苦い感情がその声から消え、楽しげといっていいほどの、とにかく、激情的な語り部になった、まるで〈公然の戦いのとき〉が今も続いているかのように――目に見えない熱狂。

「だから、〈わたしたちの〉ズリハは、もし男に生まれていれば、多くの民族でと同様、ここでも将軍になっていただろうさ、なぜって彼女はだれであれけっして怖れなかったし、わたしの兄のエル・ハッジュ以上に――英雄たちのいる楽園で、兄に神のご加護がありますように！――行動することが好きだったからさ、兄はひどく優しく、勇敢だった、だが優しすぎたよ！」

夫人はもう一度ため息をついた。

「わたしたちのヒロインは何か月もの間、行ったり来たりしていた――見かけは放浪者か、ほとんど物乞いのようだったよ、あんたが市場で見かける、あの卵や鶏や薬草売りの女たちのようにさ！　ズリハは大きなかごを持っていた、この国の貧しい民衆の名もない女たち、住む家もなければ庇護もなく、ひるまずに往来を行く女たちのようにさ！……　年を取った女が一体、何を恐れなきゃならないというのかね？　泥棒さえね！　そうさ（夫人は黙り込んだ、それから、体を揺すりながら、話を続けた）――

ズリハは降りたり登ったりしていた、あんたたちの街からわたしたちの丘へ、それに山までね、隠れ家の一軒一軒に行くにはどう進めばいいか知っていたからさ……とりわけ、まるで運搬用の家畜のように大かごをいくつも続けて運んだ火薬のためにね！」

そして夫人は、二人に別れのあいさつをするほんの少し前に締めくくった――

「ねえ、あんたたち、一体どこにいけばあんな女に今、会えるだろう？」

車が旧市街の中心の方に戻っているとき——訪問者はハニアにあいさつしようと思う、前日、祝宴に加わる勇気がなかったから——ゾフラ・ウダイの声が、歩き続ける足音のように、感じ取れないほどの流れで戻ってきて、ともに沈黙を守っている二人を包み、二人の耳につぶやき、道中の二人を駆り立てているように思われる。

ゾフラ・ウダイの声

あの当時、ズリハはわたしと一緒によく隠れ家で過ごしたものさ。

（この〈隠れ家〉という言葉はフランス語風に発音され、むしろベルベル語を話すこの山国の人々に特有な訛りでゆがめられ、口語アラビア語の語り口にあって奇妙に響く。ゾフラは立てたひざの上に肘を置き、額にあてた手で素早く、規則的なしぐさでハエやほとんど目に見えない羽虫をときどき払っていた）

政治委員（またしても二つのフランス語！）が不意に姿を見せては、ズリハが運んでくるものを残らず書き記していた。彼らは（やって来るのはいつも同じ人間ではなかったがね）、ここでも、わたしのメイダ〔丈の低い小さなテーブル〕の上で書いていた——このテーブルに、もし心というものがあれば、話すことができただろうに！……（そう言うと、夫人はほとんど子どものような笑い声を立てた）

彼らは書いていた！　彼女も、彼らと一緒に。彼女はできる限りのものを街から運びあげていたのだから。彼女はただ、ただ歩いていた、不幸な女！　終わりに近い頃は、精根尽き果てていたよ……

(車はゆっくりと走る、まるでゾフラの声が二人を執拗に追っているように、雌馬かキリンか、あるいは単に、純血種のスルギ犬のように)

一度、ズリハがわたしの家に避難していたとき、不意に危険が増したことがあった。わたしたちの住まいはまたたく間にフランスの若い兵士たちでいっぱいになった……逃れる手はまったくなかった——わたしは急いでズリハに言ったのさ——

「ここにいるんだよ、この小さなテーブルから離れないで！　頭を下げてひたすら大麦を選り分けているんだよ」

(ゾフラ・ウダイは、うつろな目をして、話をやめた)

昔はこのときの光景を思い出すたびに、泣いたものさ、今ではわたしの涙はすっかりかれてしまったが！……(やっとのことで、話し手は言葉を続ける——)そこで、ふすまを混ぜた大麦をこの丈の低いテーブルの上でたいそう小さな山に分けて、彼女に渡したのさ。

「床に座って、しゃがんだままでいるんだよ」わたしはささやいた。「信じるんだよ、彼らはまったく気づきはしないから！」

わたしの方は、手に数珠を握り、入口のそばに陣取って、待ち伏せした。兄弟たち、つまり、解放軍の戦士はかろうじてほんの少し前に逃げ出していたのさ。戸口に直立して外で見張っていると、兵士たちが小屋からすべての女たちを、ほとんどすべての女たちをつまみ出し、村から遠くへ、森の方へ連行しているのが見えた！　女たちの中にわたしの従姉妹の一人の顔もあった。トラックから降りた兵士たちが女たちを、神のみぞ知る方へ追い立てていたが、女たちは全員、一列になって足踏みしていた。大預言者が信者たちを守り給わんことを！　わたしは中庭に戻り、ズリハに耳打ちした――

「わたしの孫娘と一緒に行っておくれ！」――女の子は五歳だった――実際、小娘はわたしの息子の娘さ。「二人で裏の果樹園まで行っておくれ。果樹園の土地に水を吸わせるために小川と灌漑用水路の水をしっかり見張っているんだよ。今がちょうどその時間だからね。仕事に没頭しているんだよ、ほかのものは一切見るんじゃない！　彼らはあんたたちを外に連れ出しはしないさ」

わたしが確信していることを感じさせたかった、でも、あの当時、ああ、あんたたち、一体何を確信できただろう？　何一つ、もちろんさ！

ズリハはいつものように落ち着いて、農婦のラシャを頭に載せ、わたしの孫娘の手を取った、そして、一緒に裏手に仕事をしに行き、果樹の下にうずくまったのさ。

兵士たちがどっと家に押し寄せた。わたしははっきり覚えている、彼らはわたしのおばや従姉妹たちをしげしげと見つめた。もっとも、その時までわたしを批判していた従姉妹たち皆が、わたしが彼女たちのために何かをし、一人一人をこの騒乱から助け出すものと思っていた……いったん嵐が過ぎ、恐怖が消えると、わたしたちのだれもがいつものように、心を楽にするためだけにしても、どっと笑い出し、冗談を言い合った。わたしは言ったのさ――

「もしかして、わたしがフランスの陸軍大佐とでも思っているのかい、ああ、あんたたちは？」

そこで皆が噴き出したって次第さ。

いずれにしても、まさにその日、わたしがズリハの身の上を案じていたとき――小さな女の子と二人だけで、果樹園の止めどなく流れる水の中を苦労して歩いている、かわいそうな女――突然、中庭に一人のフランス人士官が入って来た。わたしは彼の様子を覚えている――背が高く、不安にさせるほどの若さゆえの美貌、彼らのほとんどがそうであるように、白く、また赤い肌、おまけに、ひげ、ここまであるひげ！（いたずらっ子がするように、彼女はその手を胸の高さに置く）
士官がわたしに無礼に呼びかけた（そして彼女は舞台の上にいるように、そのフランス人を身ぶりで表現した）――

「さあ、来い、来い、女！」

「こんな風に彼は言ったのさ、そこでわたしは答えた――『だめだ！……だめだ！　禁じられいちょる！……本当だ（彼女は笑う）、禁じられいちょる！』

　こんな言葉はよく知っている、そうだとも！……あんたたち、恐怖がフランス語を、必要とあれば、悪魔の言葉さえ、学ばせるからだよ。（彼女は話を終えるために真剣な口調に戻る――）禁じられちょる、だからわたしは叫ぶ、そして彼はわたしに答える（まるで、ゾフラの手がもう一度描く、長いひげから出るかのように、声が大きくなる）――

「野蛮な……女たちめ！」

　確かに、彼はそう言ったのさ……「野蛮な」と。ああ、情けないわたしたち、わたしたちはトラックの男たちすべてにとってこの言葉だったのさ――ああ、情けない、わたしたちと大預言者の聖女のような未亡人たちは！

　連行されていた近くに住む女たちの一人がわたしの前で、行きたくないとベルベル語で叫んだ。ああ、その女は泣いてはいなかった、怒り出していたのさ。そこでわたしは助言した――

「ねえ、言葉遣いを変えて、従うんだよ！……今晩、殺戮（さつりく）の場で発見されたいのかい？」

　女はわたしをちらりと見て、わたしの顔が真剣で厳粛なのに気づいた――女は従った。そしてひと言も付け加えずに出て行ったよ。

「わたしは」、ゾフラ・ウダイは締めくくる、「こうしてズリハを救ったのさ、彼らは、その日は果樹園まで検査を広げなかったからね」

ミナの車はハニアの家の前で止まる。

「あなたの家に着きました、ここもまたあなたの家ですね！」ミナは、隣りの家とすり減った古い木の扉をしぐさで示しながら優しく連れの仲間に言う。扉には〈ファーティマの手〉の形の銅製のノッカーがついている。

「実際のところ」相手が言う、「従姉妹の一人がまだ住んでいるのかどうかさえわたしは知らないわ！」

「いいえ、少なくとも二年前からはだれも住んでいません！」友人を姉のハニアの家に招じ入れながらミナが答える。

〈父の家にはどこにもわたしの居場所がない！〉よそ者の女は心をこわばらせて、奇妙な哀歌を自分自身に向けて歌う。

二人はそろって二階に上る。

「ここがわたしの部屋です」、ミナが説明する。「わたしの本や、夏用の身の回りの物すべてを置いています、夏休みを過ごすのはここですから」

奥行きのある、ひんやりとした部屋に向かって扉が開いている。

「ハニアは」、ミナが耳打ちする、「ここ一週間の支度、それから、昨日の祝宴そのもので疲れてしまって！　休んでいます」

「休息を邪魔しないようにしましょう！」客が主張する。

二人はまた降りて、レモンの木の下のいつもの場所に戻る。

ハニアは薄暗がりの中で、二人の若い女性のかすかな話し声を聞いた。〈二人のためにすぐに起きよう！……女主人としてのわたしの務めだから！〉

疲れている彼女は短い時間、再び眠る。それから、半ばうわごとのように言う――昨日は、おちびさんの婚約式だった！……昨日は、客間もパティオも家の中も三、四十人の街の奥さんたちでいっぱいだった――それぞれがしきたり通りに、二、三人のまだ幼い子どもを連れて、あるいは、若いおしゃべり女や仲人好きの女や未来の姑に美しさの兆しを見せて感嘆の声を上げさせようと思春期前の娘を連れてやって来た。親戚の女たちはわたしを助けに来てくれた。冷たい飲み物や、わたしが何日も何日も前から準備したお菓子を出す。若い二人が姿を見せるまで（まず初めに、供の女たちに囲まれた許嫁（いいなずけ）――ほどなく、わたしのおちびさん、わたしの弟が内気なために固くなってやって来て、許嫁のそばに座る――ともに目を伏せ、見詰め合うこともなく！）。

彼らは家族のアルバムのために、まだ学生の従姉妹のビデオのために、並んで写真を撮られるにまかせるだろう。この従姉妹はすでに二人を羨ましく思い、遠からず自分の番になるのを心待ちにしている――そして、四十代の婦人たちは目の前の多くの現代風の趣味にうっとりする――婚約者のそばで、ご婦人たちの視線を一身に集めてこんな風に見つめられる幸せ！　祝宴が最高潮に達するまで、招かれたブルジョワの女たちのざわめき。

それは、昨日、昨日だった。とうとう、すべてが終わった、どよめき、大挙して押しかけた人々、物見高い女たち！　わたしはミナのために、もう一人の女のために、再び忍び込んだ沈黙と静寂の中に降りていかなければならない。本当に終わってしまった、祝宴、唯一の祝宴が……以来の、母の死以来の。起きる！　起きなければ！……〈声〉がわたしの中で再び聞こえる、かつての言語の理解できないつぶやき。ベルベル語以前の未知のベルベル語、二千年前の消えたリビア語、わたしの体のくぼみの中でごろごろ鳴る音。起き上がりなさい、身を起こしなさい！　それは簡単なことだ、ズリハの娘のおまえにはすべてが簡単なはずだ。降りて行ってレモンの木の下に座る？

二人はあそこで親しく話している――今や妹は成長した、妹は沈黙を学んだ、でも他人と話し、他人の話を聞いている。二人のそばに、血のつながった家族と隣の女である他人のそばに座る。ああ、ズリハ、ああ、わたしの友、ほかの人々は「あんたの母さん」と言う、わたしはあの二人のために、とりわけあなたのために降りて行く……

彼女たち、つまり、街の客人たちは、昨日もまた、内緒話でわたしをいっぱいにした——あいさつや、祝福や、祈りの言葉や決まり文句は彼女たちにはどうでもいいのだ。

ただ、がやがやし、ひそひそ話をし、この蒸し暑さの中で互いに溶け合うだけ——大声、不意に上がり響きあう呼び声、押し殺されたあえぎ、締めつけられた喉に棘（とげ）として残る傷。一度、二度、いや何度も、抑えられた多くの涙、漏らされることのなかった多くのため息。

ただ、すき間のない運命の中で同じように動けなくなった何人かで、詳細に調べ合うだけ！

ただ、天候の話や、他人や親類や姻戚たちの健康についての話に耳を傾けるだけ！　光をさまたげ休息や憩いや静寂を奪う彼女たち。

ただ、数珠の玉のように、結婚、誕生、割礼、メッカへの巡礼、葬式を次々と続けさせるだけ、ただ、それらを際立たせ、その展開を目に見えない糸目で、縞も色彩も玉虫色の輝きもなく、絹糸もなく織り上げるだけ、ああ、神の使者よ！……

姿を消したわたしの母、生きているわたしのズリハよ、わたしはこの階段を降りて行く、あなたに向かって！　そう、あなたに向かって。そこでは、窒息させる光ではなく、むき出しにし、焼き尽くす、あの強烈な光が震えている。

その夜、ハニアは妹の友人を夕食に引きとめる。女主人の夫も同席する、もっとも、早々に席を立つだろう。「街で、男たちの会合があるので！」と彼は言い訳の微笑を浮かべて言う。ハニアは別人のようだ、と招かれた女は思う。初日のインタビューでは、彼女は距離を置いていた。「亡くなった英雄たちについてこれまで多くあったように、テレビはドキュメンタリーを必要としていると思っていたわ！……ズリハは、今日生きていたら、彼らみんなに迷惑をかけたでしょうね！……彼らは――それぞれがさまざまな理由で――彼女、わたしのズリハが姿を消したことにほっとしているって、わたしにはときどき思えるのよ、ええ、まさにそのとおり、ほっとしているって！」と打ち明ける。

ミナは、話がズリハのことになるとすぐに、過度の興奮を鎮めるためにあらゆる口実を使って姿を消す。ところで今は、ミナは麻酔をかけられたように動かない。ハニアは提案する――

「わたしたち二人は近いうちにラッラ・ルビアのところへ行くほうがいいわ。母さんが何か月にもわたって警視のコスタに尋問されたときも、そのあとで母さんが仲間たちと合流しようとしたときも、そしてむなしさがわたしたちの周りで広がっていたときも、母さんのたった一人の味方だったわ。そうよ、ズリハがまず初めにウダイの部族に、彼らの果樹園に登っていったとき、ラッラ・ルビアは母さんの理解者だった。母さんは年老いた農婦に変装して街へ降りていた、城壁にある二つの門の一つを通るだけでもいつも案内人に先導されていた――城壁は姿を消したけれど、二つの門はまだあるわ。その頃、昼間の検査は入念だったわ」

ミナがフランス語で発言する――

「ライオン夫人（彼女は微笑む、というのもトランプ占い師の尊大な洗礼名をアラビア語から翻訳することが好きだから）、ライオン夫人、あるいはこの方がよければ、ラッラ・ルビアはズリハに薬品やお金や男物の衣類を提供する、街の女たちのネットワークの中心人物だったわ」


若い女中が客間に入ってきて、ランプに近づく。

「ドラ」と女主人が言う、「奥の屋根窓の古いカンケ灯に火をつけておくれ、でも、小さくね」

ハニアは言い訳をする――

「わたしの心が不意にもの悲しさでいっぱいになってしまったのよ！……弟はあんなに喜んだけれども（弟はとても美しかった、許嫁のそばで輝いていたわ）、それなのに、街の女たちのひどく儀礼的な……喝采のせいかもしれない（彼女たちの母や祖母は大部分、それほど以前のことではなく、山から下りてきたのに、上流ぶって、ほとんどみんな、自分はアンダルシア出身だと言うありさまよ）、わたしは今日、不毛な憂愁にとらわれてしまったわ」

「ゾフラおばさんの家に登って行く前に姉さんを迎えにくるべきだったわ」とミナが弁解する。

「いいえ。ズリハのいないことがもっと寂しくてならないことが何度もあるから。十五年も経っているのに、なぜこれほど頻繁にこんな状態に陥るのかわかればいいのに！（彼女は声を落とす、そして付け加える――）わたしは取りつかれているんだわ！」

ろうそくの光が揺らめくなか、漠とした静寂が広がる。招かれた女はハニアの顔に目を上げる。ハニアの広い頬に一滴の涙が流れる――遠くにうつろな目をやり、自分が泣いていることに気づかない。動作一つせず、顔の上の思い出の涙をぬぐおうと指を動かすこともない。数分後、その顔は再び乾く――あるいは、この痕跡を飲み干したのは薄暗がりかもしれない。

ハニアはしっかりした声で話す――

「そうでしょ（彼女はよそ者の女を思い切って洗礼名で呼ぶほどの勇気はないが、アラビア語に、そしてもっと打ち解けた親しい間柄の話し方に変える）、ああ、あなた、そして（彼女はゆったりとミナの方を振り向く）、わたしの大切な妹、わたしには金曜日、拝礼に行く墓さえないのよ……母さんの墓が、わたしと同世代の多くの女たちのように。わたしたちは普通の孤児より恵まれていないのね。わたしはろうそくを手にし、寄贈品なり寄付金を持って行くでしょうに、アシュラの日には、どのイスラム教徒の女とも同じように、貧者たちに配給をするでしょうに。とりわけ、ズリハと二人だけになって、わたしはその埃（ほこり）の上に、その亡きがらが横たわっているかもしれない湿った地面の上に顔を下げるでしょうに……その時には（彼女の声が消え入りそうになる）、わたしは母さんに話すでしょうに。母さんに打ち明けるでしょうに。（彼女は声を張り上げる――）わたしはあなたに語るでしょうに、ああ、わたしのズリハ！」

絨毯の上に座っているミナは、しゃがんだままで、踵で後ずさりを始める。彼女はすべるように暗がりの中に姿を消す、部屋の中のおそらく離れたところに。

「わたしは」と、取り乱した女主人と二人きりになったよそ者の女が言う、「もし父がわたしより先に死ぬようなことになれば、それに耐えられないでしょうね――父の顔……埋葬された、父の目！　いいえ、できません、そんなことはわたしの力を超えています」

「この市の墓地はとても美しいわ」とハニアが答える、「丘の頂上で、生者たちの上に、街やテラス、港、灯台の上に突き出している――この街の死者たちの一人一人が――この街のイスラム教徒の死者たちのことを話しているのだけど」、と彼女は訂正する、「わたしは市の墓地しか知らないから――そこに眠っている一人一人が、もし望めば、起き上がって、この街を見晴らすことができるかもしれないわね」

「あるのは」、ミナが、今度はドアのところにまっすぐ立って、指摘する、「あるのはブジ湾とラッラ・グラヤのとんがった山頂だけよ、セザレーの風景より広いけれど……」

宵の間に、さきほどの女中が、青い杯に入れた刻んだミントやヤギのチーズと一緒に、さまざまなサラダを盛った何皿かを運んで来る。それに、香りのいい緑茶をもう一度。それから、女中はそっと立ち去る。

ハニアはやっとその名と一致したように見える——心が和らぎ、まったく都会ふうの丁重さを見せている。

目に見えて大急ぎで彼女は年代記作者となる。第一回のインタビューのときの不自然な冷静さもなく、先ほどの告白で見せた傷つきやすさもなく、すっかり落ち着いて、正確であるよう努力したいと思っているのだと、耳を傾け、何も求めずに待っている女は思う。

だから、扉のそばにまっすぐ立ったままでいたミナは、この新しい友人、たとえ自分たちの近くに身を落ち着け、父の粗末な家に少しばかりの輝きを取り戻させるそぶりを見せないにしても、隣人と呼ぶべきかもしれないこの女性には待つことができるのだと、あとになって考える——ズリハについての思い出は揺らぐばかりで、不意に分裂症患者といってもいいほどになる、まるで〈墓のない夫人〉が自分たちを通してその気持ちを表したいと望んでいることに確信がもてないかのように！……

そして、自分は、この旅行者がセザレーに戻ってきて、はじめてそのことを理解する。彼女は何も尋ねない。彼女は聞いている。この失墜したかつての都で、彼女が理解したことは、ギリシア・ローマの彫像——盗まれた彫像のいくつかはルーヴル美術館にあり、またほかのものは、ごくわずかな観光客たちを除けば入る者もいない地方の博物館にある——が立つ空間全体が、頭上の、わたしたちそれぞれ（女たちについて話している、男たちは目がつぶれ、記憶が壊されているから！）の心の中の空間全体が、半透明で軽いこの空気で満ちていることだ！　爆発するほどに満ちていることだ！　干上がってもいないし、涸れてもいない過去で。ああ、なんということ、この充満は大部分のまなざしには見えない。だからこの充満が街を押しつぶし、だから街がほかの街以上に、活力を失うのだ。十三年経って、隣の女が戻って来た！　見たところでは、家族の絆を忘れている、彼女にとって唯一の遺産である父の住まいさえも――彼女は相続権を奪われた者として戻って来た（父親がいつの日か埋葬されることは想像できないと彼女は先ほど言ったけれども！）。

彼女がここに座ると、ひどく長い間黙り込んでいたり、放心していたり、あるいは、取り留めのないおしゃべりをしていたそれぞれが、軽くなりたいという欲求を感じる。軽くなる？　ズリハの話をする、皮をはがれ、それから、広げられた亡霊の彼女が話の中で生き返るように……ああ、記憶の産着！

妹の興奮した思いから遠く離れて、ハニアは回想を続ける――

「夫のエル・ハッジュがマキにいたとき、ズリハが彼に会うためにウダイの果樹園に登って行くことがあったわ。その頃、わたしは結婚していた――十六歳だった一九四九年からよ――わたしの夫は内陸地方の郵政省役人に任命されたばかりだった。長距離バスでセザレーに戻るのに半日かかったわ。（ハニアは話を止める――ミナとその友人はじっと動かない。）五四年になる直前、エル・ハッジュは巡礼から戻って来ると、とりわけエジプトで目にしたもののせいで、『フランス人たちをわれわれは外にたたき出すべきだ！』って、繰り返し言っていた。それから彼は多くの民族の闘いの話をしていた、『それで、われわれは』と彼はいつも続けたわ（わたしには今でも彼の声が聞こえる）、『われわれは自分たちの権利を取り戻す資格にもっとも欠けている人間とでも？』

五五年になってすぐに、その頃、わたしのいた地方で、彼がマキに登ったときには、彼に関する多くの情報とともにその写真がすべての憲兵班に送られていた！……わたしの夫は、一度、職場で二葉の写真、ムスタファ・サアドゥンとエル・ハッジュの写真を見たそうよ――だれかが夫にその写真を見せながら、二人は強い嫌疑をかけられた人物とみなされていると断言した。わたしは母に一言だって言わなかった。けれども、できる限り母に会いに行ったわ。母が夫と連絡を取り続けるために往来していることをわたしは知っていた。ある日、母はわたしの前でため息まじりに言ったのよ――『ねえ、わたしの友、わたしの妹、もしあんたが少しの間、わたしのおちびさんたちを預かってくれることができれば、ああ、わたしに何と重くのしかかっていることか！……わたしは完全に自由になって働けるだろうに！』と。そこでわたしは、母がもっと自由に連絡が取れるように、しばらくの間、幼い弟たちを預かったわ。母はやっと行き来することができた。何か月かの間、母はそれまでより落ち着いていた！」

ハニアは立ち上がり、台所から冷たい水の入った水差しを自分で持ってくる。彼女は飲み、再び座る。

「覚えているわ」と彼女はつぶやく、「ほぼ二週間後にわたしの夫が病気になった――夫は高熱を出して伏せっていた！　わたしたちは医者を待っていたわ……」

年代記の語り手はかたわらの水差しをつかむ――薄暗がりの中で二人の聴き手は同時に顔を向ける。ハニアは飲むのだろうか？　そうではない、片手で、もう一方の手のひらに水を注ぎ、顔に水しぶきをかける。まるで頬の上の冷たい真珠のように、思い出が速く、速く流れ出なければならないかのように……彼女は物語を続ける、前より疲れた声で――

「そのとき、セザレーの友人の一人が電話をかけてきた――『エル・ハッジュが』、彼はごく小声で夫に言う、『ここにいる、（沈黙の後で、ささやくように）神が彼の罪を赦し給わんことを！』夫は、よろめきながら、起き上がり、わたしにそれを伝えるために二つの階をやっとの思いで上った――『おまえの父さんが……もうおしまいだ！』それから夫の病状は悪化した。医者がやって来て、アルジェの大きな病院に入院させることを決めた。わたしはすぐさま、セザレーのズリハの許に弟と妹を大急ぎで連れて行ったわ」

第5章 ミナが愛を夢見るとき、そして ライオン夫人が物語を続けるとき……

翌日、ミナと友人は車で街を出る。六月の昼間は美しい――出発の前、二人は迷った。

「第一の行程はもう一度ゾフラ・ウダイおばさんの家に行くことです。おばさんは言わなかったかしら、『予告なしでも、いつでもおいで！　あんたたちの家だから！』って。わたしたちと別れるとき、とても優しかったわ！」

「第二の予定、それは……〈キリスト教徒の女〉の墓、ね？　エスケープ……観光ね」

「もちろん両方です――今日は一年で最も日が長いことをお忘れなく！」

そしてミナは頭を後ろに反らして空に見とれる。ドライブのこうした始まりの軽快さに二人はあらためて暗黙のうちに合意する。

ティパサの方へ向かいながら、彼女たちは、神秘的な霊廟に続く急な登り坂の細い道に入り込む前に、小さな港で止まることにする（「わたしはそこでいつも生きのいい小エビを買います」とミナが説明する）。

二人は墓のことさえしだいに語らなくなる（それは本当に一人のキリスト教徒の女のものではないにしても、少なくとも、セザレーのエジプト人女王クレオパトラの娘のものだ——もっとも、この解釈は考古学者たちから訂正され始めている）。

〈ほぼ二千年前、自ら命を絶った有名なエジプト女性の娘であり、ギリシアの文明に染まったヌミディア王ユバ二世の妻であるクレオパトラ・セレネは立ち直ろうとした、だが、一体、何から……そして、もしそれが本当に彼女の確かな墓であれば？〉ミナの友人は、こんなふうにはるかな昔の夢想にふけり、突然はっとする——〈どうしてわたしは、ヒロインの娘に、どんな墓穴に飲み込まれたのか、はっきりした墓のないズリハの娘にこうした見学を提案できたのだろう？青い空気の中に散った女、飛び去った女の娘に……〉

訪問者は、曲がりくねって続く道に目をやったまま、沈黙している。ハンドルを握っているミナが不意に個人的な打ち明け話を始める——〈裏切られた愛〉の最近の話です、ミナはため息をつく。「これまでのことは忘れて先へ進んだと思っていましたわ」

二人が到着するティパサに、漁師たちはまだ帰っていなかった。桶はまだ二、三時間空のままだろう——彼女たちは再び車で出発するのだろうか？

ところで、よそ者の女は、このあたりではよそ者ではまったくない。先の春、数人の技術者たちと一緒にここで仕事をした。村人たちは彼女に挨拶し、短い髪の上にあみだにかぶったカスケット〔庇のある帽子〕を覚えている。彼女は、一か月以上も滞在した旅籠屋をミナに提案する。

「そこで喉の渇きを癒しましょう。料理人はモロッコ人で、新鮮な果物の美味しいタルトを作ってくれるわ」

日陰になったテラスの下で彼女たちはゆったりした時間を過ごす――料理人のマーマルは、このレストランがこの地方で随一だった（植民地）時代を懐かしく思い出して満足している。ミナは悲しげで、いつもと変わらぬようにも（〈ズリハのみなしご〉、友人はこんなふうに名づけた）、秘密に苦しむ若い女のようにも見える。

ミナはずっと以前の恋愛を打ち明け、最後に三年前のことだとはっきり言う、そして、聴き手の女は、嵐が通過した後、四方に開いた部屋にうっかりして入ってしまったような気になる――風でぱたぱたするシャッター、ガラスの割れた扉、けんかや烈しい言葉の舞台でもあったかのような人気（ひとけ）のない場所。

「わたしには忘れることのできない出来事です」、ミナが言いよどむ。「この傷が、今も生きている――からっぽになっても、むき出しになっても、それでも生きている！――愛の傷なのか、それとも、結局のところ、そのたびに、よみがえり、狂犬のようにわたしをかむ失望なのか、わかりません……（彼女はアイスティーを飲む、まるでそれが彼女の熱をかき立てるかのように。）わたしの話は退屈ですね、きっと？」彼女は弁解する。

聴き手はミナの手首にそっと触れる――愛撫。

「とんでもない、続けてちょうだい！」

彼女たちは友だち言葉で話すほどになっている、つまり、信頼して。話すのを止めてもいい、もう語らなくてもいい。わたしはここにいる……あなたのために！　聴き手の女は、手首をそっと触れるしぐさでそう伝えるように見える。ミナは、励まされて、話を続ける――

「わたしが経験したこの月並みなただ一度の恋を話せるのは今日だけ、それも終わってしまってから。あるいは、経験しなかった恋、どうすれば正確に思い出せるかしら？　出来事？　何もない、ほんの少しあるだけ」

彼女は涙声になる。目に見えない剣が体を突き抜けたように、神経質に立ち上がる。

「運転するほうがわたしには都合がいいわ――わたしの前に道があって、わたしは道を開きながら、この……恋の話を語ることができます。いいえ、後退の話を！」

こうして二人はセザレーに向けて引き返す。そして帰途、ミナは一気に打ち明ける――

「首都での大学の最後の年のこと、学生のラシードがどこでもわたしについてきました、わたしのために席を取った階段教室や、講義に戻る前のカフェテリアや、混雑した軽食堂で。日曜日の朝、彼が女子の学生村の門までわたしを迎えに来ていた頃、わたしは彼の内気さの混じった熱意が好きでした」

彼女は話すのを止め、突然、曲がりくねった道が危険なために運転に専念する、それから、海が不意に再び見える曲がり角で、街の城門界隈にあるシディ・ブラヒムの聖堂に行こうと提案する。

「女たちばかりです、庶民の女たち、農婦たち、あるいは何人かのブルジョワの女たち――でも、岩の上に座れば、静かです！」

若い女の動揺を目にして、友人は同意する。二人はすぐには車から出ない。駐車場でミナはハンドルに手を置いたまま、まっすぐ前を見つめながら、話す。

〈真実の打ち明け話〉と友人は考える……どんな罪を犯したというのだろう？　それに、なぜ？　二人の周りで、近くの粗末な家々の何人かの子どもたちが思い切って近づくことはせずに遠くから観察している。

「ラシードとわたしは、学生時代のこの最後の数か月、すべてについて話しました、愛を除いて！　わたしは母の話に触れました、生きている母ではなく、むしろ母のいないわたしの年月……（その声は小さくなる）一度だって母の死に涙を流すことができなかったからしこりとなって残っているのです。ラシードを相手に初めてわたしはこの喪失が現実のものだと理解できました。こうして、彼はわたしにとって親しい存在になりました、彼の黒い、輝く（彼女はためらう）、情熱的な目を前にしてわたしは言うことが、胸の中をはっきり言うことができたからです！（彼女は無力のしぐさをする。）この国では、ご存じでしょう、多くの不幸な出来事が起きたので、ときどき自分が幸運といってもいいほどだと思います！　確かに、父も母もいない孤児、彼らの言う戦災孤児のわたしにはいくつか特典がありました――とりわけ、姉がいるのは幸いでした――姉のおかげで、わたしは大学入学資格試験（バカロレア）を受けました、今度はわたしが弟の世話をしながら……

ラシードは、オレス山地の村の出身でした。わたしと同じ歳で、もっと穏やかな青春時代を過ごしましたが、そのことについてはほとんど語りませんでした。彼はときどきお母さんや四人の妹たちのことを話しました――妹たちは彼が教師になって、節約したお金を送ることができるのを山間の村で待っていると……彼はとりわけ文学について語ることが好きでした、シャール〔一九〇七―八八。詩人〕やミショー〔一八九九―一九八四。詩人、画家〕や、わたしの知らなかった何人かのアメリカの詩人のことを覚えています。わたしには不思議に思えました――あれほど厳しく、悲劇的でさえある山岳地方の出身でありながら、美しさ、どう言えばいいかしら、別の所で輝いている光のように、外国の言葉で美しさだけを夢見るのは！」

「詩の美しさ、それはけっして別の所ではないわ。詩人たちがどこで暮らしていようとどうでもいいことよ！」と連れが反論する。彼女たちは結局、車から降り、聖堂に向かって進む。

こうしたことすべてにおいてどこに愛が潜んでいるのだろう、と友人は考える、そして欲望への期待は？　彼女は偶然、足を止めることになった場所を示す。

「あそこに入る？」と彼女はたずねる、「居ついた子孫が生きている間に受けるバラカ〔聖者やその墓石などに神が与えたとされる霊的な力〕のためにこそ聖人と呼ばれる、立派に死んだ死者の家に？　それとも、――わたしたちは水着を持っていないけれど――あんなに深い青色の凪いだ海に飛び込む？　どちらにする？　水と身体の歓び？　それとも、棺台の周りを回って、十世代か十五世代昔の見知らぬ人の死体を目覚めさせる苦しみ？」

ミナはうつむいたままでいる。

「ゾフラおばさんのことを考えています。おばさんは夫と三人の息子たち、それに兄弟を失いました。もう涙が残っていないと言います。でも、たびたび、本当に屈託なく笑うのを見ました！……もう二度と街に降りてくるつもりはないのです。例の大笑いをしながら、時々、『街で、ジャッカルの間で一体何をするのかい？』って言うのです」

二人は車に戻る。

「ラシードと、彼を信頼していた学生時代のあなたのことを話してちょうだい」

「ええ、続けましょう……ロマンスをね！」とミナは軽妙に皮肉な口調で言う。

探るような様子の子どもたちを残して、車は再び出発する。

「セザレーに帰り着くまでにわたしの物語を語り終えますわ、正真正銘の物語とは言えませんが！」
ためらいながら本題に戻る中で、親のない娘は、混乱することもなく明晰さを保って要約し、すっかり話してしまうことを望んでいるように見える……そしてひそかな自尊心、あるいは誇りを持ち続けることを——傍（かたわら）の注意深いよそ者の女は思う——〈ヒロインの娘〉としての誇り？おそらくそれは抑制や、上品ぶることや、取り乱した臆病さの物語にすぎない。過剰な言葉（ぼくのハト、ぼくのウズラ、ぼくの雌バト、ぼくの……）のもとに、周囲の女性らしい感動にかき立てられて、こうした若い娘たち——ジャーナリズムの表現によれば、この国の最初の〈現代的な世代〉に属する彼女たち——はどのようにして危険に身をさらせばいいのか、どのようにして愛の物語を体験すればいいのかわからないのだ。

恋愛感情や、恋にのぼせた夢想や、満たされない欲求や、危険を前にした怖れや不安の物語、どんな危険というのか、言葉——遠回しの——の危険、まなざし——鋭く、責め立てるような——の危険、愛撫——暴力すれすれの、そして、時には、発情期の単なる欲求——の危険。世間知らずのうぶな娘たちと積極的な伊達男たちにとって、夢見がちで感動に身を震わせ恋に夢中になった思春期の男女にとって、どんな愛、どんな愛の物語というのか？

そして、まなざし！　ツバメに触（ふ）れ、トンボを襲ってひねりつぶす欲動に心をさいなまれているのではないにしても、言葉も夢もなく街頭でじっと動かずにいる多くの若い男たちの貪欲なまなざし、泥棒のような、強姦者のようなまなざしをだれが語るのか……憎悪が電光のように、どこだかわからない所で、なぜだかわからないままに、爆発する……

丘に近づく坂道でミナは自分の話にのみ込まれる――一気に、あえぐような話し方で語る――

「ラシードは南部に教職を得て次の新学期に発ちました。一年中、ラブレターを、正真正銘の美しいラブレターを送ってきました！　わたしのやり方で返事を書きました――彼にその気にさせもせず、でも、情愛のこもった言葉遣いをとがめもせずに。それでも、わたしは、修士号を準備していたアルジェで、彼と一緒にいたことが懐かしく思われることや、次の休暇には彼は戻って来るべきだと吐露せざるをえませんでした……あのとき、わたしは徐々に彼を愛そうとしていたのだと思います――たぶん、彼が遠くにいて不在だったから。実際、わたしには愛する必要があったのでしょうか？　きっとこの距離がわたしにとって都合がよかったのですね。（彼女はためらう。）いずれにしても、わたしは二十三歳でした、そして処女だったのです。（彼女は笑う、苦い思いで）そのときまでほんのちょっとした口づけさえ受け入れませんでした！」

彼女は速度を落とし、顔を向ける。黒っぽい目が輝いている。

「母のヒロイズムを続けるのがわたしのやり方だったのかしら？　母はあんなに毅然として、あんなに誇り高かった――わたしは誇りをもち、拒絶しながら、同じようになろうと努めている、でも小さな、ごく小さな問題のために……」

「それで、その恋する男は？」と、ミナの皮肉を和らげようとして友人が尋ねる。

「あなたに失恋の話をしました……予想しなかった現実がわたしに襲いかかったのです」

ラシードが愛の告白をしたにもかかわらず、どうして冬の休暇にアルジェに戻って来なかったか、オレス山地の家族のもとに帰らなかったか、ミナは詳しく語る。女子学生は文通のロマンチックな気分に包まれて、愛の夢想にふける。

「わたしは彼を待っていました、彼が来るのを期待していました、疑問の余地なく、最初の抱擁を受け入れたにちがいありません！　あの陽光に満ちた冷たい冬、わたしの全身が、外に表れた愛を、愛撫を、要するに、肉体関係を覚悟していました……」彼女は告白する、その声は弱まりはしない。「わたしは街をそぞろ歩いたことを覚えています、わたしの中にゆっくりと広がる執着のことも！」

ミナは春休みに、恋する男を不意に訪れる決心をする。

「わたしは早くも砂漠の中の散策を夢みていました！」

彼女は埃（ほこり）だらけの満員の長距離バスに乗り、夜も、この若い女の乗客にびっくりしている農民たちに混じって旅した。彼女は夜明けに、平坦で黄金色に輝くオアシスでバスを降りた。まるで中学校（コレージュ）の生徒のようにエスケープの歓喜に浸りながら、一時間たっぷりあてどなく歩いた。ラシードが教えている高校（リセ）を見つけた、彼が住んでいる通りも。

「わたしは彼に会いました、ほとんど家具のない広いアパルトマンに、彼と同い年のフランス人青年の海外協力派遣教員と一緒に住んでいました。彼はわたしを見てもそれほどうれしそうでもありませんでした。わたしは彼の部屋に泊まることを期待していたのに、彼は少々みすぼらしいホテルにわたしを案内しました。住まいは大きく、礼節などわたしには問題ではなかったのに……」

車は東門から街に入る。一世紀以上も前からフランスの威信で旧市街を取り囲んでいた城壁は独立時に壊された――赤褐色の石造りの二つのアーチがそびえ立っている、無用の凱旋門。

「あの三日間の何を話せばいいかしら？」とミナが言葉を続ける。「わたしが漠然と予想していたようなことは何一つ起きませんでした……それは恋人同士の滞在ではありませんでした、それに、砂丘を散策することさえありませんでした。二日目の夜、ラシードがわたしに何もかも打ち明けたのです――それがなければ、わたしは何一つ理解できなかったでしょう。海外協力派遣教員との友情はプラトニックなものではまったくなく、重大な決心をしようとしている、と彼は言いました――そのフランス人について外国へ行くために学年の終わりに国を離れるつもりだと。彼にはよくわかっていたのです、〈閉じ込めるべき女性〉と結婚することを受け入れれば――こんなふうに彼は自分の考えを話しました――自分の同性愛は社会的に、ここでも、それから彼の村でも、大目に見られるだろうって。確かに、厳しい監視人である世間は自分の性向に目をつぶるだろうって」

「あなたは何て言ったの？」

「何と言ったかまったく覚えていません。たぶん、何にも答えなかったのです。あの最後の夜、ホテルで、そして翌日、同じ埃だらけの長距離バスの中でわたしが泣いていたことを、泣き続けたことを覚えています。それ以来、何も。わたしはだれにもこの物語を話しませんでした。数か月後、ラシードは二度、手紙を書いてきました、そして、その都度、わたしの理解と返事をしつこく求めました。わたしはそれらの手紙を破りました、そして、今度は泣きませんでした！」

同じ日、午後、猛暑が和らぎ始め、パティオの一角を覆い尽くしているブドウ棚の下で最初のかすかなそよ風が感じられる頃、ライオン夫人はミナを待っている。

夫人は前もって伝言を持たせて近くの少年を彼女のもとへ行かせた――「ひとときのおしゃべりをしに来ておくれ！　あなたの望む人ならだれでもいいから、一緒に！」

ミナは一時間後にやって来た、だが一人で。

「昔、わたしたちの隣人だったあの女を紹介しようと思ったのだけど――ホテルに書き置きを残してきました――博物館に行ったんだと思います」

ムーア人の家が並ぶこの界隈のそれぞれの家の家族の歴史に関することでは、ライオン夫人の記憶力は申し分ない。

「わたしは彼女の親戚を知っている、母方も父方もね。とりわけ母方は！　セザレーの女なら、だれが彼女の祖母ラッラ・ファーティマの記憶を、さまざまな記憶をとどめていないことがあるだろう？」

夫人は口をつぐみ、席を立って、ミントティーを出す。

「ずっと前に」、夫人は話を続ける、「あんたの母さんのズリハがまだ家にいた頃、あんたの友人の母親が白い絹のベールで顔を隠し、義理の姉妹に付き添われてわたしに会いに来た。フランスで地下に潜って活動しているが、まだひどく若い一人息子の将来を案じていたのさ」

「トランプで彼の運命を占ったのですか？　カードで？」とミナは驚いて、それに好奇心をそそられて、尋ねる。

「もちろんさ――誓いを立てるずっと前のことだからね――もっとも、運勢を示す前兆が見えるかどうか、わからなかったがね。わたしは長い時間、精神を集中させる努力をした、それから、少しずつ、見えてきた……若者が、このあたりにはない木々の植わった道、長い道、そしてとりわけ、四方にさらされた道を進んでいるのが本当に見えたのさ。深く考えもせずに、わたしはこんな言葉を発したんだよ――『心配はいらない！……道を進んでいる……ヴェルダン〔フランス北東部の都市。第一次大戦中、独仏間の激戦地〕からあまり遠くないところを！』ってね」

「ヴェルダンからですって？」ミナが驚く。

「いとしい娘、自分がなぜこの最後の言葉を言ったのかわたしにはわからない！……ねえ、昔の兵士たち、もう一つの戦争――ずっと、ずっと以前の戦争さ――の兵士たちを、庶民の子のわたしたちは皆、『ヴェルダンの兵士たち』って呼んでいたんだよ！　そして、その道を、そうだよ、若者が急いで歩いているのをわたしは一瞬のうちに見た――どうしてだかわからないが、この『ヴェルダンからあまり遠くないところを！』という言葉がわたしの口を突いて出たのさ。そこで、わたし自身驚いて、一息ついた、それから、付け加えた、でも、今度は職業上の習慣から、『もうすぐ便りが届くだろう！』ってね」

ライオン夫人は笑い出す。

「二人のご婦人、若い母親とその義理の姉妹がわたしに礼を言い、大金の紙幣を置いて、安堵して帰って行ったのをあんたが見ていれば」

夫人はしばらくの間、物思いにふける。

「それから二週間後、わたしの予見が正しかったことを告げられた――その若い息子はフランス警察に逮捕され、ついで、まさしくフランスのあの地方で投獄されたとね！」

第6章　モザイクに描かれた鳥たち

なぜおまえは抵抗なくホテルに身を落ち着けたのか？　セザレーでたった一つのホテル、一九三〇年代の大理石の玄関と、階下に人目をまやかすサロン……おまえの部屋は、木陰になった正方形の広場と古代の彫像が立つ噴水を見下ろす二階の、窓に手すりのついたもっとも美しい部屋。おまえははっきり知らせた――おそらく四、五日です。そのあとで延長する必要があれば、お知らせします、と。

博物館に行くために――急いで、閉館前の束の間の最初の見学――階段を降りながらおまえはほかの滞在客、一夜の旅行者か外国からの観光客がいるだろうかと考えた……おまえは支配人にフランス語で話したが、身分証明書類を渡したので、彼なり、彼の補佐はおまえがこの街の出身であることを知るだけの時間があるだろう。おそらく、おまえの母の名を見て、おまえがおじの家（そのこぎれいな家はセザレーの街でもっとも広い家の一つだ）に行かなかったことに驚きさえするだろう。

　おまえは翌日、何も説明せずに証明書類を再び手にした。おまえに対する補佐の視線はいっそうぶしつけに見える、ただそれだけのことだ。彼らはおまえがこんなふうに観光客を気取っているのを見て、その理由を尋ね合うにちがいない。

　ほとんどの旅行者はここでせいぜい一夜を過ごすだけだ。古代ローマの円形競技場や劇場、灯台、それから博物館を訪ねるのに十分な時間。そして、樹齢を重ねたオンブーの植わった正方形の広場に沿った欄干（らんかん）の下の浜辺で一日を終える。このホテルで一夜を過ごした後、彼らは最長の水道橋をもっと近くで眺めに行き、それからティパサとその遺跡に向かうために、また、シェヌアに近い観光客用の総合施設にもっと長く滞在するために、早い時間に出発する――

　ところで、おまえは宿泊カードにおまえの父親の名とおまえの洗礼名を書いた――だが、夫の名は書かなかった、離婚がやっと言い渡されたので、おまえは最初の身元を取り戻したからだ、そして、おまえが故郷の街に戻ってきたのは、たまたま、その直後だ。おまえは、父親の娘として戻って来た。おまえの新しい友人のミナはとりわけセザレーのヒロインの娘だ――母親は平野に生まれた、そして、その最後の結婚で古代都市の中心にしっかりと根を下ろしたのだ。

同じ日、夕食の時間にわたしはライオン夫人の家に行き、そこでミナに再会する。しきたり通りにわたしは女主人の肩に、それから絹の被り物に口づけする。ラッラ・ルビアはブドウ棚に顔を向けて座っている。九月の初めのブドウのささやかな収穫を大きな声で誇らしげに見積もる――この地方でもっとも優れた品種で、街の自慢の種だ。

「もうじき、神様がお望みならば、たいそう貴重なこのブドウを少なく見積もっても、七、八キロほど収穫できると心待ちにしているのさ――このブドウはシェルシャリと呼ばれている。見てごらん、まだごく小さいけれども、粒の特別な色がかすかに見えるだろ――透き通るような赤色をしている、果肉はとても歯ごたえのあるものになるだろうさ、そして、その果汁を人々は求めてやまないのさ……（夫人は笑う）あえて言えば、そして神様がお許しくださるならば、これは、口に含めば、キリスト教徒たちの飲んでいるどんなワインより美味しい、確かだよ！……（夫人は夢想にふける）この街出身のあんたはその名を覚えているね！　アフマル・ブ・アンマルのブドウさ！」

「ええ、覚えていますわ」、ほとんどもの悲しげに、そしてミナの方に向いて、アラビア語の方言をフランス語に訳しながら――アフマル・ブ・アンマル、このかくも有名な生食用ブドウ、これらの言葉をどんなふうに移し替えればいいかしら、ミナ？（わたしは探す、それから、自信なさげに微笑する――）

深紅色のアンマルのブドウ。

「少し長すぎます」とミナが指摘する。「アラビア語の簡潔さは素晴らしい、韻がありますから！」

「かつては、アルジェに住んでいる義理の妹に少なく見積もっても二キロは送っていたんだよ」、ライオン夫人は思い出す、「あちらでは、市場でけっしてお目にかかれないって言っていたよ」

夫人は口をつぐむ、それから、思い出に身をゆだねて、付け加える――

「願わくば神様と聖人たちが妹の魂を受け止め、天国でのご加護がありますように！」

ライオン夫人の方にわたしは勢いよく振り向き、言葉をかける――「さきほどわたしは、とりわけモザイクをもう一度見ようと博物館にいました。一番よく知られているモザイク、『野良仕事』を題材にしたあのモザイクをもっと長い間、見つめることができていたら！　たぶんブドウのその優れた品質を知ることができたでしょうに……今日のように、それは摘まれたにちがいありませんわ、きっと」

ミナは低いテーブル、皿、パン、それから、最後に、ひどく熱いように見えるスープ鉢を持って来る。

「けれども」とわたしは続ける、「わたしが立ち止まったのは奇妙なモザイクの前だけでした、もう覚えていなかったものです。ご存じですか——わたしは勢いこんで、女主人に向かってほとんど教えるような口調になる——二千年近く前のこの壁画に描かれた三人の女、それはまるで魅せられたわたしの目の前で、今日、目覚めたばかりのようでした！……（それらの姿が思い出される。）三人の女、もっと正確に言えば、三人の〈鳥の姿をした女〉、そうです！　カルタゴでも、ティムガドでも、レプティス・マグナでも、この地方の非常に有名なモザイクのどれにあっても、女たちがこんなふうに描かれたことは一度もなかったと思います。賭けてもいいくらいですわ。女たち、セザレーの女たち！　今にも海の上に飛び立とうとしている鳥たちの長い脚——それは海の光景、その中央で、波の上に浮かんでいる大きな船をじっと見つめている海辺の彼女たち。彼女たちの顔はたいそう美しく、その濃淡のある色彩が幾世紀を経て輝きを少しも失わずにいるのです」

「石の中のセザレーの女たち、できることならわたしも出かけていって彼女たちに見とれたいものだね」と女主人が言う、小さな家から滅多に出ることのない彼女——最後の外出はメディナの預言者ムハンマドの墓まで行くためだった。

「わたしは知っています、そのモザイクを」と、やっと座ったミナが大声を上げる——「あなたのおっしゃる通りです、もっとも美しいものでなくても、とにかく、もっとも奇妙なものですね！　入植者の農家で三〇年代に発見されたそうです。表題が示唆してくれます——「ユリシーズとセイレンたち」、『オデュッセイア』の中の有名な挿話。船上で中心人物が硬直しているように見えます。彼は前もって乗組員たちに自分をマストに結びつけるよう、また仲間たち（ここでは、二人だけじゃないかしら？）には蠟で耳をふさぐよう求めました。ねえ、おばさん、それは、英雄ユリシーズが勝利者として脱すべき誘惑の場面です！　彼は絶対に旅を続けようとするけれども、まったく同じように、セイレンたちの歌を聴こうとし、心を惑わす歌をただ一人で賛美しようとします、二人の乗組員で船を進めるべきなのに……」

ミナは、自分が思い出す場面を前にして笑い出す、そして、わたしの方に振り向いて――

「不思議ではありませんか？　セイレンは普通、むしろ〈魚の姿をした女〉と想像されますから」

「いずれにしても、ユリシーズのように、わたしたちもまたギリシアから遠く離れていますわ。わたしは博物館から出ましたが、セザレーのこの〈鳥の姿をした女〉は脳裏から離れませんでした――彼女たちは通りがかる船を自分たちの方へ引き寄せようとするのでしょうか？　もし男たちがその歌を聴けば、岸辺は危険だということがもうわからなくなるでしょう。そう……場面は音楽の魔力に完全に包まれているように見えます――実際、女たちそれぞれが、一人はダブルフルートを、もう一人は竪琴を手にしています。今にも……飛び立とうとしている音楽家たち！英雄ユリシーズは女たちの音楽を聴き、苦しんでいる、自分を縛りつけさせたのですから……」

わたしたちはコリアンダーのスープを味わうために座る。手は大麦パンをちぎっているが、わたしは古代の場面に沈んだままだ。

「今日のわたしたちと同じ女なのかい、モザイクに描かれたその鳥たちは?」相変わらず物思いにふけって、ライオン夫人が尋ねる。

夫人は長い間、よそ者のわたしを見つめる、そして、優しいと言えるほどの口調になってわたしに褒め言葉を言う——

「あんたの家系についてわたしがどれほど詳しく知っているか、先ほどミナに話していたのさ。あんたが知ることのなかった、あんたの母さんの父親。彼にはあだ名があった(それはかつてこの中流家庭の習わしだったのさ——身分証明書に記された名、出身の名はしばしばフランス人たちの行政で変形されたからね、だから、その代わりにそれぞれの住居ごとにしばしば長老の性格を示す言葉に基づいて、口伝えのあだ名を付け加えたんだよ)——そういうわけであんたのおじいさんは、その鋭い洞察力からエル・シャーテルとあだ名されていた……(夫人はため息をつき、スプーンをスープに浸す)

「あんたは彼のようだよ! 少なくとも、あんたのまなざしは鋭い眼力を見せているよ!」

ある疑問に執拗に責め立てられ、わたしは、かくも遠い過去のこの女たちに関してわたしの心をさいなんでいるものをついに突き止める。

「モザイクの色彩が損なわれていませんから、それほど遠いことではありません、確かに。三人の〈鳥の姿をした女〉の中の一人の体は半ば消えています。でも、色彩の方は残っています……すぐそばまで近づきながら、わたしは考えていました――女たちはやがて飛び去っていく、それは確かです、街のあの女たちは――歌を歌いながら、そして軽やかに！　ところで（わたしは悲しみを口に出す）圧倒的な無気力が一九六二年以来、再び忍び込みました――その無気力が街頭で、パティオで感じられます、でも、あの高い所ではそうではありません、人々の迷いから覚めた警戒心のように、かつての戦争のあと空中に浮かんだ灰が漂っている山中でも丘でもそうではありません！……女がただ一人、真に飛び去った――そして、それはあなたの母さん、おお、ミナ、それはズリハよ」

真夜中、戻ってきた自分の部屋で長く、無気力な不眠が続く間、どんな質問もせずに聞いたライオン夫人の物語が、切れ目なく続く場面とともに展開し始める――まず、ズリハのシルエットが不意に部屋に広がり、行ったり来たりする、わたしはなぜこの幻覚が生じたのか自問さえしない――確かに、少々あせた望郷の色合いと筋で構成されたこの半ば夢想の中で、――わたしはベッドの中で目を開けている、開けたままの窓を通して入り込む夜の光がその非現実性を助長する――こんなふうに横たわっているわたしの体はセザレーの街そのもの……エル・クシバの古い界隈の路地、ズリハの生きていた頃にあったような城壁の大きく開かれた門……になってしまったように思われる。

セザレーの北にある丘や果樹園の人々（ウダイの大家族）に呼ばれたズリハの姿が少しずつ見えてくる。夫エル・ハッジュの死の知らせで彼らの家にやって来た。遺体が軍隊から家族に返されたところだ。目を閉じ横たわっている死体を前にズリハは玄関の広間で一人きりになる——身をかがめ、胸やこめかみや腕の傷に触れてみる。エル・ハッジュのまだ乾いていない血に両手をひたす。彼女は泣いてはいない——その唇はささやく、つまり、イスラムの祈りを、「これからはわたしが……」という誓いを、おそらく愛の言葉を、彼の活動を続けるという約束を彼に伝えたのだ……


親類縁者が待っているパティオに出て来ると、彼女は翌日の埋葬のことだけを話す。彼女は街に降りていかなければならない。「いくつか予防策を取らなければなりません」と付け加える。三日目にウダイ家に戻ってくるだろう！「神様がわたしたちに慈悲深からんことを、これからはわたしたちが！」、と彼女は控え目に締めくくる。若い妹が泣き始めるが、ゾフラ・ウダイは表情を険しくし、泣くのは恥ずべきことだと断言する、そして、はっきり言う——「犠牲者がまだこの家で、家族の間で眠っています！　わたしたちはこの名誉にふさわしくなければ！」

ズリハは何人かと抱擁を交わし、それから彼女を街まで送っていく青年の後に従う——いつものように、城壁の門での検査。「またあした！」と彼女は言い、セザレーの街に暮らす女たちのように絹のベールに身を包む。

帰宅する彼女の姿が見える――ベールで覆い、背筋をぴんと伸ばし、目を伏せず、〈セザレーはこれからのわたしには空虚な街……夫がいないから！〉と考えているにちがいない婦人――落ち着いて敷居をまたぎ、まだひどく幼い、末の二人の子どもたちを抱きしめ、それから必要なことをする彼女の姿が見える――家に電話のある隣家の女に、ブリダにいる息子のエル・ハビブに知らせてくれるよう頼む。二番目の夫との間の息子で、今ではもう青年だ。彼女は彼がやって来ることを知っている――エル・ハッジュはこの青年のいわば助言者だった……

わたしは部屋の明かりを消す――わたしは眠るよう努めたい。今度は、ライオン夫人の声だ――わたしが、パティオにどっかと腰をおろした夫人と別れてからも、その場から動かなかったにちがいない。まるでおとぎ話を話しているかのように、時々、あえぎ、一時中断し、それから、また始まる夫人の低い声――

「父親に育てられた、その息子はフランス軍の軍人だったのさ。やっと二十歳になったところだった。その当時、おそらくエル・ハッジュの影響から――というのもエル・ハビブはしばしば母親に会いに来ていたからね――武器を向こうからマキに届けさせ始めていたそうだ。エル・ハッジュの死を知らされ、彼は埋葬に参列することを強く望んだ。彼は翌日、ブリダに戻った。彼が帰途、逮捕されたことがほどなく知らされた。彼は一週間拷問にかけられた——何も自白しなかった。釈放されたが、数日後、姿を消したのさ」

ライオン夫人の声はわたしの部屋の暗がりの中で遠ざかってゆくように思われる。まだ聞こえる——

「ズリハはブリダに通い始めた——弁護士たちに会い、質問した……数か月後、裁判があった——エル・ハビブは無罪だとそこの法廷は宣言したのさ！　もちろん、彼は何一つ自白していなかった……だが、相変わらず、彼について何の情報もなかった——マキに登ることに成功したと言う者もいれば、落下傘兵たちか、あからさまに姿を見せ始めていた秘密軍事組織の人間に捕えられ、殺されてしまったと言う者もいた。ズリハは諦めなかった——彼女は往復を繰返した——ブリダで闘士たちの家庭を訪れた。彼女はけっして泣き言を言わなかった、かわいそうに！」

消えるのは声なのか、わたしをとらえるのは眠りなのか？

朝、わたしは、翌朝出発するとホテルに伝えながら、古代ローマの円形劇場に近いライオン夫人の家へ再び行こうと、迷わず決心する。

家に入るとすぐに、わたしは突然の訪問の言い訳をする。ズリハについての夫人の話がまだ頭から離れず、昨夜のことを語る。夫の死に続く何か月もの間、絶えずズリハを出頭させる警視コスタにしつこく悩まされているようであった時期に戻ることが必要なのだ。

「ええ、ラッラ・ルビア、許してください、そのように包囲されていた彼女がどのようにして、街で、そしてなんと言っても、おとなしく、したがって当然ながら、おどおどした多くの中産階級の女たちと、あなたが〈女たちのネットワーク〉と呼んでおられるものを組織するに至ったか、わたしは理解したいのです。それは彼女のおかげでできあがったのです。悪く思わないでくださいーーそれはズリハの生涯と同様、わたしの故郷の街の歴史にもかかわることですから」

「もちろんだよ、ああ、わたしの娘！」と女主人は応じる。

大きな容器で、パティオのタイル張りの床（ゆか）に水をまく時間だ。

「なぜって、残念なことに」と女主人は不平をつぶやく、「かつては豊かな泉であんなに有名だったこの街でさえ、統治者たちはしばしば、ある日は水を与え、ある日は水なしにするからさ！……ああ、なんということ！」

女中代わりの隣家の若い女がせっせと家事をしている間に、訪問者はライオン夫人のあとについて、彼女の薄暗く、涼しい部屋に行く。

しきたりどおりにコーヒーが出され、ライオン夫人は思い出にふける。

「エル・ハッジュがマキで殺されたとき、その知らせはたちまち街中に広まった。ご婦人たちはすっかり動転して、その日のうちに、午後に、ズリハにお悔やみを述べに行ったのさ。遺体が一族に返されたこと、埋葬があの高地で行われることを知った。

わたしもその日に出かけたよ。彼女の家は人でいっぱいだった。ズリハはひたいにスカーフを巻いていた。彼女はわたしを小さな部屋に連れて行き、二人だけになった。そこで、彼女は片手を開いた――そこには乾いた血があった。『エル・ハッジュの血よ！』とわたしに言った。『今朝、あそこに行ったのよ。夫の体を清める前に、夫の両親がわたしを彼と二人だけにしてくれたの。わたしはその傷のひとつひとつに接吻したわ！……明日、埋葬される！　わたしはほかの人々と一緒にいる！……それが彼の終わりなのよ！』と彼女は、ため息さえつかずに付け加えたのさ」

「そのあとで」ラッラ・ルビアは話を続ける、「それに続いた何週間かの間に、息子のエル・ハビブが不意にいなくなった――あるいは死んだのか。彼女はブリダへの往復で疲れ果ててしまった！……まったくの徒労だったよ。

セザレーの警視コスタが彼女を呼び出してひっきりなしの尋問を始めたのはそのときさ。彼は幼い子どもたちを口実にして、少なくともただちには逮捕しないと言ったのさ……実際のところ、彼女の家は昼夜を問わず監視されていたにちがいないけれど――彼らは彼女から何らかの連絡網を聞き出すことを期待していたのさ。

毎回、数時間に及ぶ取調べの間じゅう、ズリハは、けっして引き下がらないという評判のこの警視に反抗した。彼は本当に頻繁に出頭を命じていた――持久戦で彼女の抵抗を弱めるつもりだったのさ……『おまえはわしを征服したがっている！　おまえはわしを征服したがっている！』と、彼が繰り返すのだと、ある日彼女はわたしたちに話したよ……それでも、彼は、『まるでサロンにでもいるように』、礼儀正しい態度を保っていたが、不意に、思いがけない質問が彼女に浴びせられた。彼女は、彼女の方は、いつもびくびくして、どんな些細な誤りも犯さないよう気をつけていたよ。

ある日、彼女の長女がセザレーまで会いに来ることができたとき、ズリハはこんなふうに娘に話したのさ――後になって、母親の言葉をわたしに伝えてくれたのはハニアさ――『コスタをその激しさや興奮で感じる、うなじに止まっている貪婪な獣のように感じる！　彼は待ち伏せしている――わたしを征服しようとしているのは彼よ！……わたしはやがてすべり落ち、答えを間違える、そのことを考えても仕方がない……』それから彼女はいつものように皮肉を言ったのさ――『確かに、彼らすべてが、街に暮らすヨーロッパ人たちすべてが望むのは、わたしをジャンヌ・ダルクのようにすることよ（彼女は苦い思いで笑う）。そう、真実、わたしを彼らの広場で焼きたいのよ、アラビア人たちが山から下りてきて、わたしが死んでいくのを見物することができるようにね！』

ハニアはこうした絶望の言葉をわたしに何度も伝えたよ。もっとも、本当に、ズリハは最後まで毅然としていた――その粘り強さと意志でね。彼女は夫が殺されたときに持っていた物を届けさせることができた――首から下げていた金の時計を含めて。彼女は夫が所持していた多額のお金を要求した――博労という職業から、それは仕事のお金だと主張した。農民たちが相手の取引ではいつものように、すべてが口約束だったからね。彼女はそのお金は子どもたち、これからは父親のいない子どもたちのものだと主張したのさ。

何もかもが」――そして、ライオン夫人は思わず飛び上がった――「あのとき相次いで起こっていなければ、彼女はおそらく手に入れていただろうに」

「何が起きたのです?」わたしは、抑えきれなくなって、尋ねる。

「そうこうするうちに、彼女が一緒に活動していた政治細胞のメンバーの一部が(エル・ハッジュがマキに登ったとき、彼女は夫と街の同志たちとの間の連絡に当たっていた)、その加担者たちが逮捕されたのさ、そして……(ライオン夫人は手で軽蔑の身ぶりをした)彼らの何人かは、わたしはその名を挙げはしないさ、言ってみれば、彼らは子羊だった、男じゃなかったということさ!

わたしは彼らの逮捕を知ると、すぐに、ベールを被り、彼女の家まで登っていった。

『あんたはどうする――だれそれが逮捕された、だれそれも、だれそれも……! 彼らの気丈さをあまり当てにしてはいけないよ――彼らはやがて白状する、それは確かだよ、いずれにしても、彼らの中の一人か二人が。そしてフランスがあんたのところにやって来る――彼らはやがてあんたのことを話す——これこそ街と山を結ぶ見えない糸だよ！』

彼女はいつものように狼狽を見せなかった。わたしたち二人はずっと玄関にいた。彼女はこんなふうに推論した——『だれそれがやがて白状する——確かに、わたしが受け取って、あそこに運ばせた八十万フランの募金！　警察がやがてわたしのところに来て言うでしょう——あの金はどこにある？　今、自分のお金があれば、それを渡すのだけれど——わたしは、自分のために取っておこうとしたと主張することさえできたのに！　でも、そのお金をわたしは持っていない。こうして警察は証拠を手にする、それは恐ろしいこと。彼らはウダイの村まで登っていく。そうすれば村じゅうが犠牲になる！……今となってはわたしは逃げなければならない——何十人もの、何十人もの農夫がわたしの代わりに苦しめられるのをわたしは望まないもの！』

こうして彼女は登っていった——でも初めのうちは果樹園で働く人々の家に身を潜めていた——それから、農婦に変装したのさ」

ライオン夫人はしばらく沈黙し、それから付け加える——

「こうしたことすべては遠い昔のことのように思われる、それでも、こんなふうに彼女のことを詳しくわたしに語らせることは、ああ、それはわたしの悲しみを癒すことだよ、本当に！」

第7章　ズリハの第二のモノローグ

ひとつの反抗ですべてが始まり、すべてが終わった。家で食事の準備をし、縁(ふち)に透かし模様のあるシーツを鏡の付いた大きな衣装だんすに整理し、毎朝、正午前にブドウ棚の下で泉水の周りの薄い緑色のタイル張りを洗っていたこの何週間か、わたしの頭から離れなかったただ一人の男、警視コスタ。

おまえたちの父エル・ハッジュが亡くなって以来、コスタは週に一度か二度、わたしを出頭させていた。それから、ほぼ二日に一度になった。尋問は午前中ずっと、三時間、ときには四時間続いた。彼は毎回の尋問を父親ぶった口調の同じ言葉で締めくくった――

「あんたには食べさせなければならない子どもたちがいる……ちびたちの食事の時間だ！　一家の母親であるとは、あんたは運がいい、それに、この小さな街では皆が顔見知りだ！……私の代わりにほかの者が相手ならば、あんたの尋問を進めるのはずっと前から監獄の中だ」

わたしは肩にすべり落ちていたベールを上げた——再び頭に被り、髪をもう一度閉じ込めた！ 布の端をしっかり口にくわえさえした。手には帽子に垂らす薄布のベール。わたしは絹と羊毛のベールで体をすっかり包んでいたが、顔はむき出しにして、退出した。灰色の長い廊下を帰っていった、嫌疑をかけられた若者や壮年の農夫を独房の方に容赦なく引き立てていく警官たちがしばしばわたしを、敵意を込めて、しげしげと見た。

わたしは、ベールで覆われた真っ直ぐなただ一人の女のシルエットを見せて、この恐怖の大通りを大股で歩いた。街に出た。そのときわたしは顔をほとんど完全に覆い隠した——三角形に開けられ、目だけが自由だった。こんなふうに農婦のように、街の女らしくはなく、ベールで覆われたわたし、だが、わたしの住む界隈ではだれの目にも明らかな博労エル・ハッジュの未亡人……数週間前にマキで殺されたエル・ハッジュの。

わたしの界隈の路地を上っていくとき、小売店主たちはすでにその露店を閉めていた、ある者たちは祈りに行くために、またほかの者たちは猛暑を避けるために。

おまえたち、わたしのおちびさんたち、わたしの子どもたち、おまえたちはわたしを待っていた。すっかり支度のととのった低いテーブルの前で——あの頃、十歳にもなっていなかった、そして、わたしの不在ゆえの不安（もし母さんが戻ってこなかったら？……）が早くも主婦へと変えさせていたわたしのミナ。

「さあ食事にしましょう！」わたしは小さな中庭に入りながら、言ったものだ。「ほら、おまえたちの母さんが、ベドウィンの女のようにベールに覆われて、戻ってきたのだから！」

そしてわたしは冗談を言おうとした――わたしたちは黙って昼食を取り、ラジオが近くの山々での徹底的な捜査や、ときには、首都での爆弾の爆発を伝えていた。永久に続く無気力に運命づけられたように見えるセザレーではなく、まさに、首都で。

ミナよ、わたしはおまえに警視コスタの呼出しに応じていることを言わなかった。だが、おまえは秘密があることを知っていた、危険が次第に近づいていることを感じ取っていた――おまえはわたしの方に目を、鋭いまなざしを向けていた、待ち構えて、勇気を出してわたしに微笑みかけようとうかがっていた。

「わたし、弟の面倒を見たわ！」

そして、夜になると、わたしは恐れた、十歳の少女のおまえが、たった一人で、ここで、夜も昼も、おまえ自身と弟の面倒を見なければならない時を考えると、わたしは、夜、まんじりともしなかった。いや、それは過酷に過ぎる――時間を稼ぐ……どうすれば？　方策を探す……警視コスタ！　とわたしは、胸を締めつけられて、そっとつぶやく。どうすればわたしの苦悩の頑強な重圧を少しでもゆるめることができるか（もし、くじけるようなことがあれば、もし、間違った答えをするようなことがあれば、もし……）

反抗！　続く二か月、彼がわたしをぎりぎりになって出頭させた（いつも、私服の見知らぬ男が二度ノックし、書類が扉の下に滑り込み、それをわたしが手に取り、読んだ——緊急の呼出し、わたしはすぐにベールを被った）こうしたすべての尋問にわたしは覚悟を決めてのぞんだ。

わたしはこう考えるべきだったのかもしれない——この街で一体どんな女がある日、〈緊急に〉愛人のもとに行かなければならなかったか？　その男はほとんど確実に自分に死を、あるいは忘却を、あるいは、もっと悪いことに、そのあとでみんなに有罪判決をもたらすことがわかっているのに。わたしは心をこわばらせて呼出しに応じていた、ヤマネコのように鋭い目つきをした男のあの緩慢な興奮に徐々に慣れ、とりわけ正気を失い、あの日々の間ずっと、激しい不安に少しずつ浸って。

男は手ごわい存在だった。一度、不意に彼の近くでわたしは考えた——この男は自分で……あの手で拷問にかけるのか？　ずんぐりした体つき、広い肩——立ち上がると、どっしりして背が高く、上着の下で突き出た腹、制服を着ることはけっしてない。厚いメガネの奥の重たげで鋭いまなざし——毎回の尋問の半ばに、手入れの行き届いた指をした手を素早く動かしてメガネを取り、ゆっくりと拭き、それから肩のそばで振り、最後に時間をかけてまっすぐにわたしに顔を向ける。この中断に、この対決の頂点に、二人の無言の決闘の真ん中にわたしは立っている（まるで彼が今にも殴りかかるかのように、そしてわたしは避け、巧みにかわし、抗弁する覚悟ができているかのように、本能的にまっすぐ立っていた）、ベールはわたしが座っていた肘掛け椅子にすっかりすべり落ちていた。このときの彼の言葉、まるでわたしの秘めた戦い——彼はその証拠を探している——や、秘密の裏工作——彼はそのにおいをかぎつけてはいるが、陰謀をつかんではいない——をわたしに止めさせようとするかのような、近くからの、驚くほど優しい猫なで声など、大して重要ではなかった。

罠、彼は穏やかな落ち着きを見せる態度で、この奇妙な雰囲気の中で（突然、誠実な人間と思えるほど心をこめて）慌てずに質問するそのやり方で、無言の計略に意を尽くし、彼はわたしの周りに実在のものではないがはっきりと目に見えるクモの巣を張った——彼には獲物のわたしをつかまえるのは困難なことがわかった。わたしはぎこちないやり方で抵抗し、彼が何を言おうとも、「わたしの見事なフランス語と教養」に対する彼のお世辞がどんなものであったにせよ（「初等教育の単なる修了証書以外の何ものでもありません、警視！」とわたしは答えた）、すり抜けるウナギ。とんでもない、わたしは彼の動けなくなった獲物にはならない、断じて！　もし必要となれば、ののしる心構えはできている、その報いがどれほどのものになろうと問題ではない！　もしこの瞬間、だれかが入ってきたら——地下運動員であれ、警官であれ——その男はわたししたち二人の間に恋の瞬間が近づいていると容易に想像しただろうと思ったことがあった。わたしは一歩も進まず立っている、そしてコスタは、今度は、声だけでなく体で、わたしを抱きしめ、犯し、締めつける心構えができている、そうすることがわたしを打ちのめすと信じて……そう、恐れられ、望まれ、否認される強姦の瞬間が、そのたびに現れ始め、わたしたちは漠然とそのことを考えていた、彼とわたしは。だが、彼はわたしの憎悪、わたしの巧妙で傲慢な防衛がどこまで示されるものか知らなかった、そして、わたしは、彼に立ち向かえるか、身を守れるかもはやわからずに、いっそう自分に満足していた、それはぐらつき、一挙に強姦に陥ることが可能だったから。暗黙の合意のない、だが、おそらく憎悪のない強姦。

静まり返ったわたしの界隈に戻ってくるとき、わたしはこうした状況を分析していた――わたしはこの男をもう憎んではいない、絶え間なく待ち伏せしているわたしの体にとって、このような敵対関係は、無味乾燥な瞬間に、何もない穴のような無感覚に達している。わたしはそこから出なければならなかった。

ああ、わたしの可愛い娘、わたしはおまえに警視コスタのことを話している（もっとも、わたしの〈飛翔〉――あるいは、失踪と言ってもいいけれども、その二年後に、ほかのゲリラ隊員たち、おまえがあとでやって来たあの洞窟で眠っていたわたしの〈息子たち〉が、ある夜、彼が独りで入り込んでいた路地で彼を襲い、殺すことに成功した。彼に女友だち、つまりベルベル人の娼婦がいることをついに突き止めたからだ。彼らは彼のうなじに切りつけ、できる限り長い間、血が流れ出るままにして、殺した。陸軍病院からさほど遠くないところで……)。以前に、わたしや彼が生きていたとき、わたしは考えていた――もうすぐ彼はわたしに出発することを、子どもたちと別れることを、〈乗る〉ことを強いるだろう!と。

この男に対する長い反抗はわたしの運命だったのだろうか? 今日もあらゆる路地の上に張り出し、わたしの声でおまえを包み込もうとしている影のわたし、三人の夫がいたのに、わたしに付きまとっているのは、背後からうなじを切られて殺された男の亡霊なのだろうか?

次のように考えることが必要かもしれない――この地上にあって糾弾というものは、わたしたちがしばしば敵を取り違えることに起因するのか、わたしたちの抵抗は、休止状態から抜け出るために必要であり、わたしたちの飛翔点、転換点となる敵の顔や体は重要ではないと。わたしたちは舞台を探し、役者のように抗しがたく前進する――ところで、無人の観客席を前にして、わたしたちは行き当たりばったりに構成を作り上げ、大急ぎでチョークで粗描する……それ! 敵はどこに? それ! 立ち向かうべき声は?――一番の謎をわたしたちは内に持っているのに、自分たちの外に探している、いや……

愛する娘よ、おまえに警視コスタのことを話そう。彼はわたしが決心し、前に進み、束縛を断ち切るようわたしを仕向けて、わたしを解放した——だから、このとき、彼は本当に敵だったのだろうか？

わたしが高地の村に登るちょうど一世紀前、フランスの兵士たちに征服されたばかりのベジャイアの城壁の中でベルベル人の女戦士たちは、目の前で死んだ夫の馬に飛び乗り、敵に勇敢に立ち向かったと語られている。今度は彼女たちが女戦士として殺された！　新たな征服者たちは驚き、「このような女たちがいるとはこの民族は一体いかなる民族なのか？」と書き記した。

わたしたち女の体が光の中で爆発し、この讃えられる死の中で歓喜と救済を取り戻すことを証明できる唯一の、これらよそ者の観客たちに敬意を表する必要はないだろうか？

第8章　ゾフラ・ウダイが再び過去の思い出にひたるとき

ミナと、新しく友人になった訪問者はいつも一緒にいるようになったのだろうか？　いずれにしても、彼女たちは丸一日を観光にあてる——二つの水道橋を見学するつもりだ。最長のベラ川の水道橋と、もっと短いシェヌアの水道橋だ。二人は古代ローマのフォーラム〔公共広場〕、ついで、円形劇場をゆっくり見学した後、博物館に入る。今度は二人一緒に。ひどく奇妙なモザイクだけでなく、すべての女神像を見るために——しばしば裸で、あるいは豊満な姿形をうかがわせるドレープをまとって、これらは街の至る所に戻されるかもしれないとミナは想像する。その結果、まだベール——白や黒の——で覆われている街のすべての女たちが、クレオパトラ・セレネの夫である教養豊かな王をたたえてこれらの彫像の足下でベールを脱ぐかもしれない、そうすれば、彫像は未来を予言したのかもしれない……

翌日、二人は——突然、よそ者の女（少なくとも、そうあだ名されている女）が、自分の過去のセザレーを振り返って見ようとミナを誘って！——丘と果樹園に戻ってくる。

彼女たちはゾフラおばの玄関前で車から降りる、ゾフラおばは腕をむき出しにして、パン焼き窯の煙の中で二人を迎える。二人を座らせながら、喜びの笑いを爆発させる。

彼女たちは感謝して、中庭に広げられたマットレスの上で休息する。

「ねえ、あんたたち」、ゾフラ・ウダイが話し始める、「今朝、まだ太陽が空に上る前に、今朝（そして、到着した女たちの前に焼きたてでほかほかのパンを置く）、だれが窯に火を入れるのを手伝いにやって来たと思うかい？　窯の中をたった一人できれいにし、それから、火を燃やすために柴の束を置き、そしてとりわけ、あまり長い間、煙を出さないようにすることが、今じゃ、年のせいで、わたしにはできないんだよ……もう耐えられないのさ！」

彼女はもう一度笑う、戦争未亡人で、犠牲者になって殺された三人の息子の母親で、もはや街に、彼女の言葉では、〈ジャッカルたちの中に！〉降りて行こうとしない女。

「そういうわけで」、彼女は言葉を続ける、〈そして〈子どもたち〉に差し出すライ麦のガレットをヘンナ染料で赤く染まった指で切る〉「ねえ、いとしいあんたたち、わたしはあんたたちのことを話していたんだよ、今朝、だれがわたしを助けに来たと思うかい？〈彼女は頭を振り、不意にふさぎこむ〉神様は偉大なご慈悲をお示しになるが、無情にもいくつもの喪を一度にお与えになることもしばしばだ、それでも、やはり、神様のご慈悲はあるのさ！（彼女は付け加える――）今日、わたしにお与えになった神様のご慈悲、それは従姉妹のジャミラだよ。彼女は近くに住んでいる。わたしより二十歳年下さ――わたしは結婚したばかりの頃、父方のおばを助けて赤ん坊の彼女を抱いたものだよ。この村にわたしたちは皆住んでいたのさ。あの頃は平和な時代だった。ところで、わたしの人生がもうじき終わろうとしているときに、それは彼女なんだよ、わたしが抱いていたジャミラだよ――彼女は夜通し泣いていた、何か月も何か月もそれが続いた、そこで彼女の母親がわたしに懇願した――『精根尽きてしまったよ！　この娘は手がかかる！』こんなふうに実の母親が言ったのさ。そこでわたしが、毎晩、ぐっすり眠りこんでいびきをかいている夫――今では神様が天国に迎えてくださっているが――のそばで赤ん坊を揺すってあやした、眠りこんでも、すぐにはっとして飛び起きたものだよ、赤ん坊はうめき声をあげ、少しずつ、やがて激しく泣いたのさ、そこでわたしは、夜明け前の最初の祈りのときまで何時間も赤ん坊を揺すってあやしたものさ……そうだよ……なぜあの時代のことをあんたたちに話すのだろう。

　わたしが半分眠りながら抱いていたジャミラ、まさにそのジャミラが四十年たった今日、わたしを〈支えて〉くれているのさ……神様のご慈悲だよ、まったく！　わたしは四人の息子に恵まれたが、娘は一人だけ。いとこが娘同然なのは定めだよ！……彼女はすぐ近くに住んでいる、毎朝、自分の仕事を始める前に、わたしの家にやってきて一日の仕事に取りかかる――「孝行心から」と彼女は言うのさ。『ああ、わたしのおばさん』——わたしをそんなふうに呼ぶんだよ——『今日、家の仕事でわたしがやるべきことを言ってください！……』ってね」

ゾフラおばは物思いにふけっている様子で頭を振る。

「今朝早く、それは、まるで大天使ガブリエルが『ミナが、おまえの可愛いミナが、もう一度、おまえを訪ねてくるだろう！』とわたしに告げたようだったよ。そうさ、そうだよ、わたしは、頭の中で、その声を聞いたのさ。わたしは考えた——あの訪問者はまだ街にいる、きっと！　おそらく二人でやって来るってね。わたしはあんたたちに、わたしの一日がどんなふうに始まったか話している。というのも、実のところ、しょっちゅう、朝、二つのお祈りの間に何も食べたくないんだよ、昔のようじゃないさ……。山を前にして果樹園に向かって座り、そして、もうこの世にいない人々と言葉を交わすのさ——ある日はわたしの最初の息子と、時には息子たちの父親と……時には兄と、心の中ではわたしに一番近かった、そしてわたしが埋葬することのできた兄とさ！……」

被り物の上に置いたその手が不意に、風か、目に見えない羽虫を追い払う、まるで思い出を斜めに遠ざけようとするかのように。

「今朝、だからわたしはあんたのことを考えたんだよ、ああ、わたしのミナ！　わたしは自分に言った——でも、もしやって来ないにしても、わたしはそこに、あんたたち二人が座っているところにずっといよう、そして、可愛い子の代わりに、あの子の母親と、神様が救済を約束してくれるズリハと話すことにしよう！　ってね」

二人の客はゆっくりとお茶を飲む。

「まだ熱いガレットをどうか食べておくれ！　どこまで話したっけ？　だから、今朝、従姉妹が姿を見せたとき、わたしはためらわなかった、きっぱりと言ったのさ——『暑さがじきに増すだろうが、どうか、わたしのために窯に火をつけておくれ！……お客がここへやって来るときのために！』ってさ」


「このジャミラ、わたしのいとこのことは、この前あんたたちがやって来たときにもう話したはずだよ」

太陽が、中庭を取り囲んでいる低い石垣の上に沈み始めている。花柄のふくらんだズボンをはいた、やせぎすでほっそりしたウダイおばは立ったり座ったりして、〈可愛い子どもたち〉が食べるように気を配る。だがその後は、ズリハと一緒に、過去に、十五年前に沈んでいるように見える。

こんなふうに——よそ者の女は夢想する——ヒロインのズリハは、透き通った玉虫色の大きな翼のある鳥のように、この土地の女たち一人ひとりの記憶の中に抗いがたく漂っている……

「ジャミラのことをあんたたちに話すかい？」

ゾフラ・ウダイの震えるような声が再び始まる――「フランス人将校がわたしの家の中庭まで入り込んできたときのことを覚えているだろう？　ズリハは幸運にも果樹園の奥にひそんでいた」

「おそらく」、ミナが発言する、「おそらく、もし……もし母がそのとき捕まっていたら（彼女が母親のことを正面きって話すのは初めてのこと、と友人は気づく）、ズリハは拷問にかけられていました、ズリハは投獄されていました……でも、おそらく、生きているだろうって、わたしは今、考えています、そして……（その声は涙でくもる）、母は今、そのことについて話すだろうって、あなたと……わたしたちと一緒に！」

ゾフラおばは冷めたお茶を注ぐ――頭を下げてじっくり考え、そして語る――

「ああ、わたしのミナ、もし……もし……って言わないでおくれ。神様がそうお望みならば、何ができるだろう？　あの日、捕まっていれば、たぶん、運命はズリハにとってもっと過酷だっただろうさ、もっと……」

しかつめらしく頭を振って、口調を変える。陽気な話をしているように、きっぱりと〈ジャミラの話〉に戻る……

ここでもまた、物語の中の一つの挿話だと招かれた女は思う。連鎖の果てに、わたしたちが再会するためのそれは無意識の作戦ではないか？　話を聞き、物語の筋が仕組まれ、それから断たれ、変化し、向きを変えるのをまさしく見ているわたしたち……それは結局、わたしたちが……解放されたことに気づくためではないか？　何から？　物言わぬ不動の過去の影そのものではないにしても、わたしたちの頭上の崖(がけ)から……この記憶を巧みに切り抜ける一つのやり方……モザイク状に展開されたセザレーの記憶——わたしたちの遺跡の一つひとつのあせた色彩、だが、消されていない存在、たとえ壊され、細かく砕かれた姿で取り戻すにしても。

「思い出しておくれ、フランス人将校が来たあの日のことを……（ゾフラおばの声は快活と言ってもいいほどだ）彼は彼女に尋問した、おばたちや従姉妹たちと同じように、そうだね……」

そして、よそ者の女は、ゾフラ・ウダイにより報告され、確かに、変形されたフランス語の言葉のこだまを繰り返す——

「女たち……野蛮な！」

「そのとおりだよ」ゾフラおばは強調する。「あとになって、もう一度、彼ら、フランスの息子たちが現れたとき——そのときは、ズリハはわたしたちと一緒ではなかった、もう同志たちのところに登っていたからね、こんなふうに街とわたしたちの果樹園を行ったり来たりするのは彼女には危険すぎることになっていた、だからジャミラが……でも、彼女(あれ)を呼ぶべきだろうね、その続きを話すためにさ、彼女が」

「いいえ、いちばん上手に話せるのはあなたですわ」とミナが間に入る。

「そのときは、確かに、彼らはジャミラが変装したズリハだと信じたのさ！……どうしてだって？　まず、ズリハとほとんど同じ年だったからね。だが何よりも、兵士たちがいつものように女たちを一列にならべて一人残らず外に出しているとき、彼女は抵抗していたからね。ジャミラが怒った口調で兵士たちに言ったのは、想像してごらんよ、フランス語だった。フランス語で、ああ、優しい預言者よ、『なぜ、なぜわたしたちを外に出すのです？』ってね。そうさ、わたしのいとしい子どもたち、フランス語だったのさ！」

ゾフラ・ウダイは、思いがけなくいたずらっぽく光る目でその光景を再び目の前に見ている

――「わたしのいとこがこうした言葉を、どういう方法でか、ともかくも学んだフランス語で言ったのさ。たぶん、少女の頃、街に住む教養のある親戚の家でしばらく暮らしたからさ。兵士たちは彼女が自分たちと同じように話すのを聞いて、ただちに考えた、『彼女だ、有名なズリハだ！』ってね。彼らは彼女を連行した、彼女が腰の上で結んだ大きな帯に入れて背負っていた末っ子の幼い娘も一緒にね。彼らは長い間、長い間、彼女を、不幸な女を森を横切って歩かせた、二歳の娘はその腰の上で揺れていた！……こうして、ジャミラはセザレーに到着した！　森の道をあんまり歩いたので、かわいそうに、足が血だらけになったと向こうの人々は語ってくれたよ！」

「それで？」ゾフラおばが一息ついているとき、ミナは待ちきれなくなる。

夕暮れが地平線に広がった。薄暗がりがすでにパティオの上に忍び込んでいた。

「街の第一兵舎で軍曹たちが勢いこんでいる兵士たちに明言したのさ――『おまえたちはちびのいる女をここに連れてくるよう言われたんじゃないぞ！　あの村で、金歯があり、顔に……もっと正確に言えば、左の頬骨の上、真ん中にほくろのある農婦を捕まえるよう命じられたのだ！』ってね」

外で、何人かの男の声が帰宅する前の挨拶を交わしている。音量の大き過ぎるラジオから、エジプトの歌が渦巻きを描いて立ちのぼる。

「事情はこうさ」とゾフラおばは数分間、じっと考えた後で話を続ける。「不意打ちの一斉検挙が行われるたびに、金の入れ歯をしているここの女たちは皆、ただちに抜いたのを覚えているよ……」

彼女は笑い、和やかになり、それから、説明する――

「わたしのいとしい子どもたち、あんたたちは理解するには若すぎるよ――戦争の直後に――フランスを相手にしたわれらの戦争ではなく、もう一つの、ドイツとの戦争さ――とくに都会で、それに、その郊外でも、ある流行が広まった時代があったのさ――女たち、確かに若い女たちは東洋の真珠のように白く健康な歯をしていた……ところで、彼女たちがすべての歯を抜き、完全に金で作った入れ歯を口の中に入れてもらうために抜歯屋に行ったのさ！　そうさ、口の中にある財産を彼女たちは自慢にしていた、そして、『不運に見舞われても安心できるために！』って付け加えたものさ。彼女たちが考えたのは離縁のことだけだった、哀れな女たち、戦争のことじゃなかったのさ！……

だから、金持ちや、裕福な農民の妻たちが――それは革命の前のことだよ――この流行を追ったのさ。山間部でわれらの解放戦争が始まると、かつてはあんなに虚栄心の強かったこうした女たちが、どれほど些細な一斉検挙であれ、まさしくズリハのせいで、何はさておき入れ歯を抜いたにちがいなかった、そして、老女の口のように何もない、空っぽの口になったのさ！」

ゾフラ・ウダイは喉をのけぞらせ、長く、引きつったような叫び、あざけるような、復讐の叫びを謡い始める。抑えきれず、ほとばしり出る滝となって湧き上がるには少なくとも十年の間、待っていたように思われる叫び。そして夜があたりをのみ込んでいく。

それは喜びの叫びなのか、それは怒りの笑いなのか？

少しばかりあとで、ミナは立ち上がりながら友人に生き生きと説明する――

「母は、姉から聞いて知っているのですが、母は、わたしの弟を出産したとき、丸一年の間、病気だったのです――その頃、母の歯はカルシウム不足でほとんどすべて抜けていました。その時から、ズリハは金の入れ歯をしたのです。でも、回復すると、母は太って――体格がよくなっていました」

「大柄で、丈夫だったよ」とゾフラ・ウダイが解説した。「わたしたちのように、過酷な仕事に慣れた山の住人たちの力を持っていたよ！」

ゾフラ・ウダイは物悲しげに付け加える――「解放の日はやって来た、確かに。何と時間がかかったことだろう！……ああ、何と時間がかかったことだろう」と繰り返す、それから小声になって――「まるまる七年さ、わずかな時間じゃないよ！」

長い沈黙のあとで、彼女は、目を覚ましたまま、過去にのみ込まれる。

「彼女が姿を消して一か月後、フランス人たちが村にやって来た。『外に出るんだ！』と彼らはわたしたちに命令した、そしてわたしたちのすべてを焼き尽くしたのさ。あの頃、十二軒の家がウダイ一族のものだった――わたしと六人の息子は六軒を所有していた、四軒は踏み固めた土で、二軒は頑丈な材料で建てられていたよ！　軍隊がその前日、村の長の家にやって来ていた――そこで地下運動員のために寄付している者たちのリストを発見していた。この責任者が殺された。わたしたちのすべてが焼き尽くされた！　わたしは衣類をいくらか持ち出そうとした――彼らはそうはさせなかった。彼らは至る所に火をつけた！……その翌日、わたしは偶然、この丈の低いテーブルを果樹園で、オレンジの木の下で見つけたのさ。何もかも思い出すよ！」

ゾフラ・ウダイは中断する――声が聞こえない。そう、顔は青ざめ、手が突然、引きつったように震えている——話を続けることができない。立ち上がって、行ったり来たりする。不意に指の間に黒ずんだ小さな玉の数珠を持って戻って来て、座り直す。

「ところで、独立の日々は？」感動が女主人の胸を締めつけているのを見て、よそ者の女が発言する。

「解放の日だって？」とゾフラおばが、穏やかになって、鸚鵡(おうむ)返しではないものの繰り返す。「停戦後の最初の一か月、多くのヨーロッパ人家族が一団となって出発したそうだよ、でもすべての家族じゃないさ。女子小学校の校長は亡くなるまでここにとどまったよ。わたしは、ここで娘の三人の子どもたちの面倒をもう一度見ることになったのさ——娘は父親から、最初の求婚者と若すぎる結婚をさせられた。また争いだった、名誉が傷つけられるのをわたしたちは恐れていたのさ！……若すぎるうちに父親の家を出て、かわいそうな娘はそれから、結婚していたが、子どもたちを育てながら、わたしと一緒に〈避難所〉で働いたよ。森の中でズリハが捕らえられたとき、娘は素早くベールを被って、駆けつけた——娘はその光景を目撃したのさ！

やがて娘は離婚し、三人の幼い子どもを連れて家に戻った。わたしは再婚させた、だが子どもたちはわたしが預かった——子どもたちの父親は何も送ってこない、彼に男らしく振舞わせる男たちはもういないのさ！……子どもたちが食べているのか、裸のままでいるのか、彼にはどうでもいいことなのさ。

ところで、独立を迎えたあと、次の夏のことだったが、息子たちをマキで亡くし、ダイナマイトで家を壊された人々——まさしくわたしがそうだった！——は街で住居を与えられる権利があり、帰国を選んだフランス人たちが見捨てたすべての家に対して優先権があることをわたしは知ったのさ。

要求するのが好きではないけれども、面倒を見ている子どもたちのために、その日、わたしは頭にベールを被り、〈羞恥心〉を抑えて街に降りていった。割り振るのはアラルという名の男だと告げられた。まさにそのアラルが、五六年に山に登ってきたときに、一か月以上もわたしの家に隠れていたのさ。街の老人のエル・ハッジュがアラルの家を教えようと案内に立ってくれた——老人はわたしのためにドアを叩いてくれた、律気にもね。女がドアを閉めたまま、彼は薬局にいると答えた。『集会ですよ！』と付け加えた。案内人はためらい、それからわたしに道を教えた。わたしは一人で入った。アラルはそこに集まった何人かのブルジョワたちの前で大げさな演説をしていた。わたしは手には大かご、頭には二つ折りにしたベール、足はひざまで道の埃だらけの姿で、彼らの間に座った。

わたしは考えたのさ、アラルが相手なら、殺された夫や英雄的な死を遂げた息子たちのことを思い出させる必要があるだろうか？　少なくとも、一番下の息子はこの地方の山岳地帯からチュニジアの国境までほとんどすべての戦闘に参加したが、あんたは洞窟や穴の中にとどまっていた！　と、明言することもできただろう……だが、わたしは口をつぐんでいるほうがよかった。彼が甘言を中断したとき、わたしは率直に言った――『ああ、アラル、わたしは支払われるべきもののためにやって来たのだよ！……わたしが預かっている子どもたちは家を待っている、ここで割り振りするのはあんただと断言されたよ！』彼はわたしの話を激しい口調で遮った。

彼はアラビア語で、どちらかと言えば冷ややかに、答えた――『わかりました、おばさん、近日中におばさんに会いにお宅まで登って行きましょう！』

彼は〈近日中に〉ではなく、半年後に登ってきた、わたしが皆の前で彼を〈侮辱〉し、薬局のドアを手荒く閉めたのは確かだと言って非難するためにさ――わたしはその場にいた連中を〈ジャッカル〉と呼んでいるのさ」と彼女は嘲笑して言う。

「あとになって、はるかあとになって、わたしが思わずベルベル語で彼に話しかけたことが彼を困惑させたとやっとわかったのさ――そこに集まっているのは都会の人間ばかりだってことをわたしは忘れていたのさ！

わたしは彼の非難にこう答えた――『わたしはあんたの新しい友人たちのドアを手荒く閉めたよ、確かに！　そして、あの小屋に再び上ったのさ。あれは、フランス軍のものさ！　敵はそれでわたしと三人の孤児たちには十分だと判断したのさ。ところで、わたしは、今日、おまえに言うよ、ああ、アラル――敵の言うとおりだ！ってね』

同じ日の午後、ミナは友人を連れて姉のハニアの家に行く。家に入るや、説明する——「ハビバ、わたしたちの友人がどうしても姉さんに挨拶したいそうよ、明日にもアルジェに戻ることに決めたからよ」

「ここにあなたのいらっしゃるのが当たり前になっていましたわ。これからもっとしばしばお目にかかれますね」

ミナが丈の低いテーブルを置いている間、招かれた女は翌日の午前中、しばしば会いたくてたまらなくなる父方のおばに会いにゆくとハニアに告げる。彼女は、ここ数か月、体調が案じられている父親についても話す。

ハニアがもの悲しげに口をはさむ。「幸せね、確かに、幸せね、この地上で〈父親の娘たち〉ってわたしたちが呼ぶことのできる女（ひと）は！」彼女は口をつぐむ、それから努力して口を開く——「まず、あなたがた、わたしは今日、そのことを確認したわ、それから母のズリハも、青春時代のあの最初の力は父親のおかげね！　ラッラ・ファーティマとその父、たくさんの娘がいたわたしたちの預言者——結局、イスラム教の伝統なのね——死刑になったのはファーティマの息子たち、非難と抵抗の言葉を皆の前で繰り広げたのはファーティマの娘たち！」

ミナはもう座っている——姉を注意深く見つめる——姉のほうは再びもの悲しい気分に包まれ

てはいるが、ほとんど穏やかだ。

「わたしは、確かに並外れた母親の娘よ……でも、妹のミナほど運がよくないわ、妹は父親エル・ハッジュについていてたいそう優しい思い出を持っているのだから……わたしは父親を知らない……結婚するまで、わたしには本当に家族と呼べるものはなかった、ズリハだけよ」

招かれた女は素早く指摘する――

「ズリハには、わたしの母方の祖母と同じように、三人の夫がいました、そうですね？ わたしがママネと呼んでいた祖母のラッラ・ファーティマより少なくとも二十歳は若かったと思います」

「確かに、ズリハは三度の結婚を体験したわ――先日、初めてあなたがテレビ局のアシスタントたちと一緒にわたしに質問していたとき、わたしはそのことを考えていたわ。でもわたしは皆の前でそうした私生活に触れたくなかったのよ」

「わたしたちだけですわ、今は」と、これを最後に、この場所に戻って来た聞き手は小さな声でつぶやく。

「あなたのママネを除けばただ一人、街で――少なくとも、望むと望まざるとにかかわらず慣習がさらに強く人の心を縛り、世間のうわさがさらに悪意のあるセザレーで――ズリハはその生き方で、今日のわたしたちの世代に真に属していたと言えるわ。その証拠？ 母を理想化してはいないわ、本当に……証拠、それは三人の夫のそれぞれを自分で選んだこと（ハニアは不意に笑う、晴々と言ってもいいほどに）、そして、それぞれ違ったふうに愛したことよ！」

ハニアはそう言って、立ち上がる――家の中に指示を出しに――きっと、家事を手伝っている女に帰る許可を与えに行くのだ、あるいは、週末にここに戻っている弟がおそらく母親代わりの姉を必要とし、姉がそれを察したのだ。結局のところ、セザレーでは家はまだ女たちの専有的な領域、要するに婦人部屋のままだ。〈一家の主人〉、夫であれ、兄弟であれ、成人した息子であれ（ほんのわずか前、ゾフラ・ウダイは夫に言及するとき、ベルベル語で、縮めて〈わたしの家〉と言っていた）、この主人、つまり、男は戸外でしか、通りやムーア人のカフェや、ときにモスクの、ほとんど切り離された空間でしか自分が本当に主人であると感じないのだ。彼が扶養している、したがって、命令すると同時に、都市では取って代わるとみなされている家族の構成員（女たち、娘たち、そして男の子たち）により彼の個性は増しているにしても。

ハニアは戻って来て、母親の〈愛の物語〉と名づけることができるかもしれないその語りを再開する、そして、自分で気づかぬままにズリハを、今度は、ほとんど姉のように見なし始めている――

「修了証書を得たあと父親の農園に戻っていた母は十六歳で最初の夫、つまりわたしの父と結婚したのよ……（語り手は不意にぼんやりする）。奇妙なことに、母はあるとき、このことについて一気に話したわ――パルチザンたちの許に登っていくことを母が迷い、幼い子どもたちのことを考え、結局、わたしたち、そう、わたしとわたしの夫に弟たちを任せたときよ！……あの動乱の時代に母はわたしに自分の青春時代について語る必要を感じたのね、きっと、母が最初の決断をしたときの年齢に、そのときわたしがなっていたからだわ。わたしが結婚し――かつての母と同じように、十六歳で――しばらく後に、わたしに優しい夫、信頼できる男性がいることに気づいて、母はわたしを相手に、思いのままを語り、考えを打ち明けた――まるで女同士のように！

こうして母は、賛成できないという父親の忠告にもかかわらず、最初の夫とどうしても結婚したかったのは自分の方だったことを教えてくれたわ。わたしの知る限り、その結婚は残念ながらほんのわずかしか続かず、一年にも満たなかった。わたしの父は近くの、たいそう有力な入植者の息子と殴り合いになった――その入植者は父を扇動者呼ばわりしたそうよ……父は逃亡し、フランス行きの船に乗り、つまり、亡命する決心をした、それでも、消息を知らせると約束していたのよ」

ハニアは心を動かされて中断する――自分には最初から父親がなかったことを、まるで今、初めて理解したかのように。

「ズリハはわたしを出産した。それから一年以上も、亡命した夫の消息を待っていたと母はわたしに語ったわ。そして、母は自由を取り戻すために裁判官を相手に必要な措置をとった。『それはつらいことだった』と母はわたしに打ち明けた、『いずれにせよわたしはけっして涙を見せなかった！』

農場には、わたしの父方の大おばがいた。ズリハは郵便局で働くために近くの町ブリダに行くことに決め、大おばがわたしを育てることを承知したわ。だからわたしは農場で大きくなったのよ、ズリハがはるか昔のあの歳月を生きていたとき、母に会えるのは日曜日の短い時間だったことをよく覚えている――それはわたしが六歳になるまで続いたわ」

ハニアは口をつぐみ、夢想する……それからその声が穏やかになる――

「母の二度目の結婚式の日が来た――母の目は喜びに輝いていたわ。母はとても美しく見えた……それに、母が化粧されるのを承知した一度きりのことよ（あの頃は、若い女たちの眉の間に、それから、頬骨の上部に金と銀のスパンコールをつけた）。新婦は偶像のように見えなきゃならなかったのよ！」

ミナはしゃがんで、珍しく穏やかに、聞いている――こんなふうに思い出されたズリハの幸せが彼女を晴れやかにしているように見える。今もなお苦しんでいるその失恋についてほんの少し前までは語ることが必要だった彼女。

ハニアは快活と言ってもいいほどの口調で続ける――

「二番目の夫は大変な美男子だったようよ――その上、フランス軍の下士官だった。真っ黒に近い顔色のサハラ砂漠駐屯部隊隊員。『なんと美しい』と結婚式に招かれた女たちが感嘆の声を上げたわ。ベールで覆われた彼女たちは、彼が夜、ユーユー〔アラブ諸国の女性が儀式や集まりの場で口に一度手を当ててたあと発する、鋭い、抑揚のある喜びの叫び〕の叫びの中、婚礼の部屋に入ってくるのを見つめていた。ズリハが彼を愛しているから結婚するのだと、わたしが理解したのは、幼いながらも、あの夜、女たちの論評を聞いたからかしら？　もっとあとになってわたしに語った話の中で母は言わなかったけれど、きっとわたしの父以上に愛していたのね。でも、わたしはこの婚礼の光景をそのまま大切にしてきたわ。

ある小さな出来事が浮かんでくる――招かれた女たち（少なくとも、遠方からやって来た新郎の家族の女たち）に母がわたしを……妹として紹介したことを覚えているわ！　ええ、そうよ、生涯でただ一度、ズリハが嘘をついたのよ、それは見栄からだった、間違いないわ。まるで突然、その男が最初の夫だというように！　わたしは、幼かったけれど、母を恨みはしなかった。それに、人生は母に何を残しておいたというの、そのあとで？」とハニアは不意に悲しくなって付け加える。

ミナは待ち切れずに発言する――

「ちっとも知らなかった、今、やっと気づいたわ、その二度目の結婚がどんなふうに終わったか」

ハニアは落ち着いた口調で言葉を続ける――

「母が、どうしてもマキに登っていかなければならないと感じて、わたしに自分の人生をすっかり話したときに、今、こうして戻っている。あとになって、母のために証言するのはわたしだと母は感じていたのかしら？　『わたしの友、わたしの妹！』と、あれほど何度もわたしに言っていたのだから」

そしてハニアの声は、母親の優しい言い回しのせいで、突然、動揺する。だが、自分を取り戻し、もっとしっかりした口調で続ける、

「母の言葉をよく覚えているわ、だって、この夫を捨てたのは、今度は母だったから。二人の間に息子が一人、つまり、わたしの異父弟のエル・ハビブが生まれたけれど、母より先にいなくなったわ。母はそのときわたしに言った――『エル・ハビブの父親と五、六年結婚生活を送ったあとで別れた、一致していなかったのよ。あんたはきっと笑うでしょうが、でも、それが真実なのよ――〝政治的立場で〟一致していなかったのよ……』母はこの言葉、『政治的立場で』を二度、フランス語で繰り返した。母はわたしに、数か月前の一九四五年五月八日、あのコンスタンティーヌの暴動が起きたことや、それに続いた恐ろしい鎮圧を思い出させた、もっとも簡単にだったけれど――世界大戦がまさに終わろうとするとき、軍隊や艦隊や入植者たちまでがおびただしい数のわたしたちの同国人を殺した。大戦では多くの同胞がイタリアで、ドイツで、アルザスで、フランスの解放をかちとるためにその血を捧げたというのに！　わたしたちに、このミティージャ

地方にいたわたしたちにたくさんのうわさが伝えられた。そして、わたしには今でも、ああ、わたしのズリハ、母の最後の話が聞こえる――『何をしてもむだだよ』、母は付け加えた、『この国には二つの陣営があるのよ、彼、わたしにとってひどく大切だったあの夫はその中間にとどまることができると思い込んでいたのよ……四五年五月八日の後に！』母は苦い思いで叫んだ。『わたしにはできません！』母は懇願した、『わたしはここにいるか、あちらにいるのです！』そこで母は、ため息をつきながら、立ち上がった――『残念です！』そして、わたしは、母が、フランスの下士官の制服を着たこの二番目の夫の写真を封筒に入れて持ち続けていたのを覚えている！　母は何も付け加えずにその写真をじっと見つめたわ。母の息子、つまりわたしの異父弟が母に倣ってパルチザンのために働き始めたとき、その写真を母に渡したことをあとになって知ったわ……弟は逮捕されたとき、まだひどく若かった――ほんの二十六歳か、そのちょっと上だった！」

招かれた女は、独立戦争が始まったとき、その二番目の夫がどこに戦いに出かけたかたずねない。たぶん、結局のところ、まだ平穏だったサハラ砂漠の部隊に派遣されたのだろう、あるいは、おそらく――兄弟たちと連帯したい気持ちを起こさせぬために――フランス軍が連合軍とともに占領していたドイツに移動させたのだ。

「そのときズリハは農園に戻らずに郵便局での仕事を続けたわ。父親に預けていた息子をハジュートに呼び寄せた、そこでは、わたしが母と同じようにフランスの公立小学校に通っていた。わたしは確かに姉だった！　母は、最初の二人の夫とはまるで異なった、自分より少し若く、アラブ語とベルベル語を話し、フランス語はほんのいくつかの言葉を知っているだけのエル・ハッジュに出会い、再婚した。わたしは母と一緒に、今わたしたちがいるこの家に来たわ。とりわけいくつかの家族の夕べを覚えている――エル・ハッジュが母にフランスの新聞を持って来て、母がそれを彼に読んで聞かせた。国の状況に当然、かかわることを二人で一緒に解説していたわ」

「わたしも、そうした夕べのいくつかを覚えているわ」とミナが穏やかになった声で発言する。それから付け加える――「姉さんの言うとおりだわ、ハビバ、母は三人の夫のそれぞれを愛したのよ、そして、きっと、それぞれを違ったふうにね」

彼女は立ち上がる、そして、ドアのところから、よく響く声で締めくくる――

「わたしの父は母と別れなかったにちがいないということを除けば！　父を最初につかまえたのは死だもの！」

第9章　ズリハがセザレーで過ごした最後の夜……

翌朝、ミナは訪問者を車でアルジェまで送っていくのがうれしいようだ——彼女たちは旅の初めのうちは押し黙っている。前夜、ライオン夫人がよみがえらせた出来事を二人のうちのどちらが、心の中で、聞き直しているのだろう？

ライオン夫人の声

ズリハがある日、長女のハニアを連れてわたしに助けを求めに来たのさ。少なくとも数日来、ズリハがもう自分の家に住んではいず、ある時はここに、またある時はあちらにと、転々としていることをわたしはそのとき知らなかったんだよ。彼女の顔が変わっていることにすぐに気づいた！　わたしは二人を奥の部屋に入れた。

白状すると、わたしはそのとき、行きずりの二人の客のためにスペイン・カードを使って〈ペーシェンス〉で占っていたのさ――客が立ち去ると、わたしは大人になった娘を連れたズリハのもとに戻った。覚えているけれど、それはラマダンだった。ズリハが言った――

「状況は深刻よ……正直なところ、わたしが出入りできる家が見つからないのよ」

わたしはすぐに言い返した――

「あんたが探しているその家がわたしの家だってことははっきりしているよ。あんた方二人にわたしの誓約を保証するために一緒に公証人のところに行こう――わたしはあんた、ズリハへの贈与としてそのことを書き記すさ。家はあんたのものだよ！」

わたしはこうした言葉を心底から言った。彼女はわたしに感謝し、付け加えた――

「わたしがここに来るとき、ほかの人がわたしに会いに来ることを承知してくれるかしら？」

「あんたがここでやりたいことをやればいいさ！」

彼女は、安心して、その日は帰って行った。

何日かが過ぎた――彼女は一人で戻って来て、すぐに言ったのさ――

「わたしのためにファーティマ・アミシュに来てもらえるかしら？　承知してくれる？」

わたしは承諾し、彼女の隣人のファーティマ・アミシュの家まで出かけ、連れて来た。するとズリハは言った――

「ベンユーセフの娘のアシアも来ることを承知してくれるかしら？」

「あんたがここへ連れて来たい人を連れておいで！」とわたしは答えた。

彼女はそれからファーティマ・アミシュに一連の指示を与え、行くべきところを示した。わたしは、彼女たちが自由に話せるよう、二人だけにしておいたのさ。ファーティマは出かけた――ほどなく戻って来たが、今度はアシアを連れていた。二人とも、当然、ベールで覆われていた――だれも彼女たちだとは見分けがつかなかっただろうさ、それに、わたしは多くの客を迎えて彼女たちの未来を占うことを習慣にしていたからね！

わたしはそれでも、その頃、軍隊や警察による家々の監視が強化されていることを知っていた。わたしには少しばかり現金の貯えがあった――台所として使っている小さな部屋の隅に穴を掘り、現金を隠していたのさ。その後に続いた訪問で、ファーティマとアシアがズリハに募金を持ってきたのを見たとき、わたしは三人の前でわたしのお金を取り出した。

五千フランを手に取って、わたしからの醵金（きょきん）として渡そうとした。ズリハは拒んだ――

「あんたからは、わたしたちはほんの少しだって受け取らない！　わたしたちのためにあんたの家の扉を開けておいてちょうだい、義援金よりはるかに有益だから」

「わたしの家の扉はあんたたちの扉さ」とわたしは繰返し言った、そして、わたしのお金がほかの人々のお金と同じであるよう頼み込んだのさ。

わたしは覚えている、その日、ズリハがあの高い所に届けることになっているものをファーティマ・アミシュが買いに行っている間、わたしと二人だけになったズリハが困惑した様子で打ち明けたのさ——

「ねえ、ラマダンよ、わたしは断食している。それでも、気分がよくないわ、汚れているからよ」

すぐにわたしは鍋に何杯も湯を沸かし始めた。彼女は服を脱いだ。戻って来たファーティマが手伝って体を洗った。彼女の服は見るからに粗末だった。わたしは自分の服を与えた——わたしたちはほとんど同じ背丈だ。

彼女は喜んで着替えた。そして、わたしに言ったのさ——

「わたしがあの高い所に行ったら、あんたの服を返すわ！」

「何を言うの！」わたしはすかさず言い返した、「怒るよ！　絶対に返さないで」

それでも彼女は、わたしの心が容易に満足することをよく知っていた……だが、それは神様だけがご存じで、人間の方はいつも知っているわけじゃない！

こんなふうにしてズリハは街で秘密の仕事を始めたのさ。最初のうちは、月に一度、ファーティマやアシアと連絡を取るためにやって来た。二人はどこにでも、金持ちの家にもひどくつましい家にも、学校にさえ出かけた！……そのつど集めた寄付金を持ってわたしの家に戻って来た、そしてわたしが蓄えた。やがてズリハはほぼ一週間に一度やって来るようになったのさ。（沈黙……ライオン夫人は夢想にふけり、思い出し、ときどきため息をついた）

もちろん、ねえ、あんたたち、わたしは今、アリのようなあの仕事のことをあんたたちに語っている——いつも容易だったという意味ではないさ。こんなふうに懸命になっていた彼女たちでさえ、不意に怖くなることがあったよ！……

一度、ファーティマ・アミシュが、ズリハの隣人で、ズリハが同志として最初に思い浮かべた女だけれど、というのもファーティマは活発だったし、容易に……接触できたからね、さてと、このファーティマが、ある日の午後、わたしの所にやって来て、こう言ったのさ、彼女は一晩中、そして朝の間ずっとこの口上を練り上げたにちがいないよ——

「ズリハは山と街の間を行ったり来たりしています。ときどき、いえ、いつだって農婦に変装して、義理の姉妹のゾフラ・ウダイの家に隠れています。ええと……たいそう高齢ですが、頭はしっかりしているお舅さん——エル・ハッジュのお父さん——が賛成ではないことをわたしはハンマームで知りました——お舅さんは彼女がこんなふうに頻繁に街へ降りて来ることを望まないのです。ですから、家族の彼が心配しているのに、どうして、わたしが、心配しないことがあるでしょう?」

わたしはファーティマを安心させなければならなかった——「何よりも慎重さがあんたには求められている! それにその高齢の舅がすべてを知っているわけじゃないさ。あの高い所で、〈組織〉が彼女の面倒を見ていることを知らないんだよ……」ご婦人たちの一人、わたしはヘイラと呼ぶけれど——姓は言わないさ、確かに、お客としてわたしに会いに来たんだからね——、彼女も同じように、不安を口にしたのさ——

「街と山の間を往復しているあの女はわたしたちの破滅になります! 最後にはこの都市を鎖で覆わせることでしょう! あなた方、安全な場所にいると思っているあなた方みなさんは、一体何を考えているのでしょう、フランスはあなた方の闇取引については目も見えず、耳も聞こえないままでいるでしょうか?」

そのご婦人はこんなふうに興奮しながら、恐怖で黄色くなっていたよ。わたしは、「そうしたことがわたしの家で起きようとも、とにかく、心配してはいませんよ!」って、激しく抗弁したのさ。

仕方がないじゃないか、こうした一家の母たちをしっかり落ち着かせなければならなかったのだからね。

「知ってのとおり、ズリハは農婦の格好をして街に降りてきます」とわたしは彼女たちの一、三人を集めて言ったんだよ――「身分証明書類は整っています――青物や新鮮な卵を売るために市場に行くすべての農婦たちと同類の農婦の身分証明書類です。彼女を男たちが見張っています――わたしの家にやって来るとき、彼らは順番に、ハンマームの近くで彼女を見張っています。彼女が再び外へ出ると、若者がかごを持って先に立ちます、こうした多くの用心がされています。けれども」、わたしは締めくくった、「こうしたあらゆる用心をしようとも、全能の神様がわたしたちに何らかの試練をお与えになれば、そのときは、なんとかして、それらを乗り切らなければなりません。それだけのことです！　神様にわが身をゆだねましょう――それはわたしたちの義務ですから」ってね。

ところで、初めの頃は特別の試練はまったくなかったよ……この女たちのネットワークはほとんど正常に機能していたんだよ。

アルジェへの帰路の半ば、ミナが無言で車を運転していたとき、うとうとしているように見えもするその友人は、実際は、前夜、ライオン夫人の家での最後の話、彼女自身が懇願した話にすっかり取りつかれていたのだ――〈ライオン夫人の声〉は彼女の中で静止した、まるで、確かに車を三十分走らせてセザレーから離れたことが、車の速さも与って、記憶の中の執拗で不安定なその声を少しずつ弱めたかのように……

それでも、探索する女は考える、なぜ自分は一刻も早く出発し、戻って来ることを切望したのか、そして、なぜアルジェに？（実際、ただ一つの問いは、どこに本当に戻って来るかだろう）前夜、ライオン夫人は勢いに任せて話し続けた――夫人としては、セザレーの監視されている城壁の外に、ズリハが夜になっても、出ることができなかった一日を真に回想したかったのだ――不意に通常の点検が始まった街にはズリハが危険なく眠ることのできる家はなかったのだ！

「ミナ、お母さんの波乱に富んだ人生のすべてを知っているあなた、ライオン夫人、ラッラ・ルビアの最後の話に基づいて、少なくとも、あれほど正確に、そして時には、あれほど詳細に展開させることがわたしには必要よ！　助けてくれるかしら？」

「もちろん、やってみます」と、今度はミナが、この女はズリハの物語にこんな風に取りつかれているのに、なぜ、出発することを不意に切望したのかと自問しながら、穏やかに答える。「実は、あの夜は――ミナはためらう――母が故郷の街で過ごした最後の夜だったことに今、気づいたので！」

ミナは、もはやだれ一人（わたしはもちろん、これからはこのよそ者の女から促されるときのライオン夫人を別にして！　と彼女は思う）考えることのなかった出来事に、予期しなかった激しい歓びを感じる。いずれにせよ、彼女たちは二人でその反響を持続させるだろう。ミナは興奮のようなものばかりか、かつての職業が未来を見抜く——直感し、しばしば眼前に見、あるいはそれがだめなら、発明し、一から十まで作り出す——ことであったライオン夫人と同じように、鋭く奇妙な感覚を覚える！　反対に過去を再現することにかけてはライオン夫人の右に出る者はいない！　この世のほかの人々にとっては大部分は目には見えない、こうした女たちの些細で具体的な過去。

そしてミナは、サアドゥンの三人の息子たちが暗殺された夜のことを思い出す。ライオン夫人の声とほぼ体を通して、動き続け怖れることのない体を通して、ラッラ・ルビアの周りでときに激しくときに遠くから聞こえる、いわば合唱団を構成している街のすべてのご婦人たちを通して、体験した気がするあの夜のことを思い出す。あの夜、死者たちを洗い清めたラッラ・ルビアは、おそらくそのために（処刑された若い体に注ぐ水や、体に刻み込む最後の愛撫、典礼や不可欠な祈りの恵みがもつ鎮痛効果なのか？）事実ではなくリズムそのものを、ある者たちの勇気と悲痛、ほかの何人かの者たちのおののくような恐怖や用心深さなり臆病さの間でかすかに示された踊りにも似た動きを記憶している、ライオン夫人の彼女だけが……彼女は、祈りの前の〈瞑想〉と自ら呼んでいるものの中で、街のこの出来事の挿話を、毎朝、確かに思い出している——その時を詳細に、その音楽の中で、現実に持続した時間で、そして両方の視点から回想する——パティオで女たちは待ち構え、見張り、怖くなったり、不意に逃げ出していた。しばしば、彼女は道路や広場や、身動きしない影——ここではほとんどすべて男たちの影——のある市場から街のその時を思い描く。子ども時代を過ごした街にかくも遅れて戻って来た訪問者の女が、だれもかれも無気力にとらえられているといって責める、忘れっぽい目撃者たち！

ライオン夫人の方はだれをも少しもとがめない——彼女は時を飛び越える、彼女は記憶そのものになる。

わたしの夢は、とミナは運転しながら、夢想にふける、あの夫人のひざにうずくまっている少女のままでいることだ、話を聞くために、再び生きる欲望にとらえられたとき、話を聞き、夢みるために……この間、サアドゥン兄弟たちの夜には——わたしは覚えている——ほとんど盲目の若い隣人の女の悲しみの歌が始まるだけで十分だった。

「だから」と彼女のそばで、ラッラ・ルビアの声の陰の中で新しい語り手となった友人が言葉を続ける、「ズリハがセザレーで過ごしたあの最後の夜、どれほど動揺していたことでしょう！できるかもしれないわ」と彼女は、傍でハンドルに縛り付けられたミナが、ハニアの家で何度かあったように、興奮のあまり、姿を消したくなるのを不意に怖れて、付け加える。「わたしにできるかしら？　ラッラ・ルビアのあの最後の物語に戻って、短くてテンポの速い強烈な脚本のように、それを展開させることが？　あなたは許可してくれるかしら？」と繰り返す。

「もちろんです」とミナは落ち着いて答える、このあたりではひどく交通量の多い道路に気を配って目をまっすぐ前に向けたまま。

「それでは、始めるわね——午後が終わりに近づく頃、場面は六枚の旗を縫ったライオン夫人の家でスタートします。旗はやがて独立アルジェリアの旗になるものですが、目下、五七年です（戦争はまだ四、五年続くわね！）」

「縫って、それから折り畳んで、大かごの底に置かれる旗！」とミナが、ライオン夫人とその旗を考えただけで心を動かされた微笑を浮かべて明確にする。

「農婦の格好をしたズリハがラッラ・ルビアの台所の隅にいる、ラッラ・ルビアはあの高い所に持って行くことになっているものを穴の中に隠している——お金、薬品、そして……」

「そして、一度だけ、ラッラ・ルビアが自分で縫った六枚の旗！」

「ズリハはどうやらこの細かい点を面白がったようね、そして、優しさをにじませて感嘆の声を上げたと思うわ——『ラッラ・ルビアはなんてたくさんの宝を隠すことができるの！　その上に薬を詰め込んで、それから、さらに野菜をいくつかの大きな山にして置くのね。農婦が市場で売りさばくことができなかったものよ！』」

「もう一つ些細なことだけれど（ミナはこんなふうに思い出して、本当に子どものように楽しんでいるように見える）、ライオン夫人は、今度は野菜の横に焼き立てでまだ熱いくらいのシナモン入りパンを追加したって、はっきり言いました！（ミナは笑う。）わたしは考えるのだけれど、それはときどき彼女が甘いものを向こうに届けるのが好きだったのです、〈わたしたちの英雄たち〉と彼女は、喜ばせたい気持ちから言っていたけれど、彼らのための特別な心づかいですね」

「それから」と語り手は続ける、「緊張感が高まるにつれて、この映画がほとんど無声で展開するのがわたしには見える、だから、わたしは丹念にたどることにするわ——汚れた毛糸の粗末なベールで頭と肩を覆った年老いた農婦が古代ローマの円形劇場から遠ざかっていく間、彼女が出てくるのをハンマームの道の曲がり角からうかがっていた案内人は、重い大かごを背負った彼女に自分の前を通り過ぎさせる。農婦は街の主要な東門に向かってきびきびした足取りで進む——でも、堀の近くのとある曲がり角で疲れ果てたように足を止める——大かごが重すぎるのね。案内人の若い農夫がぴったりあとについていく——彼女と並び、彼はひざまずく、小道に通行人がいないのを確かめ、すばやく大かごをつかむのに必要な時間だけ。彼は前に進み、農婦を追い抜く。農婦はこの時、卵の入った軽いかごだけを手にしている。門の通過検査の際の危険は彼の方にある——その身分証明書類は正規のものよ。四、五歩後ろに農婦がいる、同じように、正規の身分証明書類を持って」

「こんなふうに、わたしの母は、おそらく十回か二十回、そのたびにもめ事もなく街を出ることができました！　確かに、通りや兵士たちのざわめきがある、でも、二人の間で言葉は交わされない！　この門を通過するとき、それぞれの心臓は数分の間、高鳴ります」

ミナは少しの間、夢想する——まさに一八四一年のフランス軍による街の占領にさかのぼる、セザレーの街を取り囲んでいた有名な城壁は独立の際、取り壊された。

「でも、農婦に変装し、胸をどきどきさせながら、母があれほど頻繁に通ったあの門がまだあそこに建っています。わたしはあの門を、いつも、わたしのズリハ門と呼んでいるのです」

「あの晩」と、語り手は先を続ける、「検査を担当していたのはセネガルの兵士たち。ズリハは後ろでその光景を見ている——大かごは取り上げられたが、調べられず、案内人は十人ばかりのほかの若者たち——田舎の者も都会の者も——の一群の方に手荒く押しやられる。全員が遠くはない一軒のバラック小屋へ連れて行かれ、そして閉じ込められる！　指示、叫び声、一つの呼び声——ズリハには音しか感じ取れないざわめき」

「彼女はたじろぐ。若い見張り役が捕らえられた、しかもあの大かごと一緒に！　東と西の門が閉まり、街が閉じ込められるまで一時間ばかりしか残っていない」

「続けてもいいかしら？」と語り手が用心深く尋ねる。

「まるで子どものように注意深く聞いています」とミナは言い、自分自身に驚く、「あらかじめすっかり知っている話を聞くと、喜びはいっそう大きいことに気づきました！」

そこで、友人は不意に、〈初めて語られる物語、それは好奇心のため、そのほかのときは、それは……それは解放のため！〉と考えるが、自分の胸に収めておくだろう——そして、続ける——

「ズリハが街に降りて来るこうした特別な日々、ライオン夫人は戸口を離れない。彼女の養子も同じように常に臨戦状態にある。ズリハの別の見張り役がこの息子に、ついで、息子を介して、ラッラ・ルビアに、『すべて穏やか』、つまり、ズリハは問題なく検査を受けたと伝える単純な任務を帯びている。そこで、安心して、ライオン夫人は祈り、夕食、夕べの瞑想といった、いつもの宵の流れに従う。

ところで、その日、戻って来るのは、残念ながら大かごを持たない農婦。ズリハは遠くから目にしたことを語る——彼女はその大かごを心配する、今度だけは、ああ、何ということ、かごの底に折り畳まれた民族主義の旗はどんな嘘も許さない。若者はじきに拷問にかけられるだろう。捜索が、今夜、増すにちがいない。『夜を過ごすための家を見つけなければならないわ！』

このとき妹や弟と一緒にセザレーにいた長女のハニアにラッラ・ルビアがすぐに知らせる。ハニアは頭にベールを被って、やって来る。彼女は母を抱き締める——自信を失い、泣き始める」

ミナは話を素早くさえぎる——

「わたしに続けさせてください——ラッラ・ルビアの説明を聞くずっと前に、姉がこのときのことを何度も、何度も語ってくれました。わたしも思い浮かべてみるのです、そして、このときが好きです――普段、姉のハニアは、母と同じように強く見えることがよくあるからです、きっと。でも、そのときの姉は落胆していました――姉がその場面を語るとき、奇妙ですが、それを恥じてはいません。わたしはそんな姉が、怖がっている姉が本当に好きです」

そう言うと、ミナは平坦な所で駐車し、エンジンを止め、目を輝かせて出来事の続きにすっかり熱中する――

「ハニアは、だから、絶望のあまり身をよじらせて泣いている――今晩、母に何が起きるだろう？ それは毎晩、アラビア人の住む界隈の家々の調査が厳密に行われていた時期のことです――兵士たちが家から家へと、夜間外出禁止時刻前に帰宅した家族全員の身元を確認していた――彼らは夜間用の赤いしるしをつけていた。ハニアは一瞬のうちにそうしたことすべてを考える――親しい家庭であれ、政治的立場を明らかにしている家庭であれ、どんな家庭が、たとえ一夜のことでも、人相書きが至る所に広まっているズリハを引き受ける危険を冒すだろう？ だが、ライオン夫人はハニアを胸に抱き、落ち着かせ、慰める。ほとんど笑いながらだったそうです。『ズリハはここで眠るのさ、何が起ころうとも、わたしの家は彼女の家だよ！ わたしたちが生きるのであれば、わたしたちは皆で生きるのさ！』でも、母は『あんたの家はまだ調べられていない――わたしには応じられない――あんたとあんたの息子は大義のために大いに働かなきゃならないもの！』と説明しながら、拒んだ――それから、母はほとんど覚悟をきめて、付け加えた――『このままで解決策が見つからなければ、自分の家に戻って子どもたちの間で眠る方がいい！　彼らはわたしを逮捕するでしょう、でも、わたしの子どもたちには何もできない！』と」

訪問者は言葉を続けてこうした苦悶と宿探しを交互に語る——

「そこでライオン夫人が使者に変わった。彼女はズリハとその娘ハニアに家から離れないようにと言う。彼女は街の正真正銘、民族主義者である家庭を知っている。援助する覚悟のできた何人かのご婦人たちの、いわば政治的細胞を彼女は突き動かし始めていた。幾人かは、すでに、最近、農婦のズリハと連絡を取っていた。

ラッラ・ルビアはまず初めにもっとも積極的な女たちの一人、アウイシャの家に行く——この家はすでに調べられたにちがいなかったから。アウイシャはほとんど快活にラッラ・ルビアに扉を開く——ラッラ・ルビアが翌日、彼女たちの委員会があることを、こんなに遅い時間ではあれ、知らせに来たのだと考える。彼女はこうしたすべての言葉、こうした情熱を愛し始めているにちがいない——それは彼女の無為の日々を変えたにちがいない！　でも、ズリハが陥っている状況を知るやいなや、この通りではブルジョワたちの立派な家々は一軒残らずすでに赤いしるしが付いているにもかかわらず、彼女は急に怯える。ライオン夫人は手短に小声で言った——『あんたの知っている女が……どこかで夜を過ごさなければならないんだよ、それに、わたしの家はまだ調べられていないのさ！』婦人は拒む、首を横に振るだけで急いで拒む、そして、すぐに扉を閉める。もちろん」と語り手は解説を付け加える、「この女に情状酌量を認めることができるわ――たぶん、彼女は厳格な夫に自分の政治的参加については何も言ってなかったのよ！　でも、彼らは裕福な家庭よ――家の男たちに気づかれずに、農婦のズリハを小部屋に、道具置き場に入れることができたでしょうに。あとで、あれは貧しい女、放浪する農婦、乞食ですと、偽ることができたでしょうに。イスラム教の教える施しのために夕食を与えるためにだけ家に入らせ、そして結局、一晩、落ち着けるように隅に羊の毛皮を置けたでしょうに――ズリハは翌朝、夜明けとともに出発したでしょうに！……

これが拒絶する最初の婦人についてよ――ライオン夫人の前で扉を乱暴に閉め、重い扉に背をくっつけて激しい恐怖を鎮め、普段の呼吸を取り戻し、おそらくその恐怖の後で生じる恥ずかしさを隠そうとしているとき、わたしはこうした後悔のすべてを思い描き、ほとんど彼女を許したいと思ったわ」

「頼まれた二人目の婦人のことは、差し支えなければわたしが話します！」と今度はミナが運転しながら続ける。「姉がその時のちょっとした事件を語ってくれたのです、ほとんど芝居がかった口調でした。独立のとき、わたしは十五歳でしたが――これらの家庭がこぞって、先をあらそって勝利をこれ見よがしに祝い、息子や夫といった、婦人たちの男たちがこの上なく饒舌にもったいぶった演説をするのです！

そこで、ライオン夫人は、危険な夜が近づく時間をひどく心配しながら、通りに出て、二番目の扉をあわただしく叩きに行く。少年がラッラ・ルビアに扉を開ける。『母さんを呼んでおくれ、母さんだけだよ！　母さんにわたしだと言うんだよ！』婦人が美しいバルコニーのある二階から降りて来る。『玄関に灯りはつけないで』とライオン夫人はそっとささやく。――そして彼女はさきほどと同じ文句を繰り返す――『あんたの知っている女(ひと)が今晩行くところがない！　あんたたちはもう調べられた。わたしは、まだなのさ！』

婦人はやって来た女にそれ以上続けさせなかった。無言で、はっきりと、そして激しく頭を横に振った。それから、これほど迅速な決定を諺で正当化することが彼女には必要だった。確かに気取っている、実際、虚栄心が強く、自分の言葉やアラビアの教養やアンダルシアの祖先……を誇りにしている。彼女はぴったりだと思われる諺をたちまち見つけた。そして、そこ、薄暗い玄関で、切迫した状況にもかかわらず朗誦した――

自分を苦しませるものを恥じる
それはまさしく、その災いが……
悪魔に由来するという証拠！

「この諺をご存じですか?」とミナが勢い込んで解説する、「わたしはアラビア語で知っています（*yalli yestehyi bi ma dharrou/ ma dharrou Chittan ghir hou*）。実際、二度の拒絶を受けて帰宅し、そのことを告げなければならなかったラッラ・ルビアは、教養ある婦人の諺を繰り返しました。それは、ズリハの好奇心を突然かき立てたらしいのです。もう一度言いますが、母は父とはちがって、フランス語は上手でした、でも教養人たちの使うアラビア語はそれほどでもなかったのです。ライオン夫人がゆっくりとその諺をアラビア語で言い、姉のハニアがそれを母のためにフランス語に直しました。そんな状況でしたが、母は鉛筆と紙切れを取り出し、書き留め始めました……後のために！

ねえ、この途方もないときに、わたしがどうしてこの女性を誇らしく思わないでいられましょう？　こうした瞬間、だれもが怖がっています、それなのに母は、自分が知らずにいたアラビアの諺を一生懸命に学ぼうとしている！　もちろん、心の中では、もっとあとになって、それは、ほかの人間より少しばかり教養があると思っている人々のこうした偽善の分析を可能にします。でも、母は言回しをフランス語で、つぎにアラビア語で書き留めた、そうでしょ？　いつものように、アラビア語で。この言葉にはとても頻繁に見られる頭韻法が働いています。韻を踏むことで諺はいっそう早く覚えられます——その上、いっそう繊細に思われます！　ズリハがそれを書き留めたのは、暗誦して、もっとよく考えてみるためだったと思います……人間の偽善が確かなものにしようと努める誇示について」

「そのとき」と相手が言葉をつなぐ、「きっとこの中断のおかげで、ライオン夫人は（いつだって、彼女は、冷静を失わないわ）実に好都合なことにこの状況を救うことができるかもしれない青年がいるのを思い出す。まず初めに、通りの少年に頼んで息子のアリを呼び出す。息子は急いでやって来る。彼女は彼に説明する——『おまえの仲間のオマルが漁から戻っていれば、わたしはぜひとも彼に会わなきゃならない！　二人きりになって、こう言っておくれ——すぐにわれわれの旗を見に来るよう、母が君を呼んでいる！ってね』。それは、彼の欲求をかき立てるためだと、このオマルをよく知っているライオン夫人は説明したわ。二人の若者はほどなくやって来る、『サラブレッドのように軽やかに』——この表現は」、と語り手が明確にする、「ラッラ・ルビアの語りのままよ」

彼女は二人を一緒に離れた部屋に入らせる。この間、二、三人の戦闘的なブルジョワの女たちがズリハのことで問い合わせにやって来たそうよ。確かに彼女たちは別の部屋でズリハを取り囲んでいるけれど、皆、震えているように見えるわ。検査は彼女たちの家ではまだ行われていない——彼女たちには励ますことしかできない、でも、すでに逮捕されたズリハを、そして、ズリハに続いて牢獄に連れて行かれる自分たちを想像している、それは確かよ！　昨日、ラッラ・ルビアは、彼女たちのことを思い出して、何も言わずに彼女たちを見つめていたと言ったわ、それは『彼女たちや、彼女たちの恐怖を前にして自分の心が石のように固いのを感じていた！』からだと説明したわ。

別の部屋で若者のオマルがラッラ・ルビアを待っている。彼女は、別に縫って自分の家を守るために取っていた七枚目の旗をゆっくりと広げて見せる！　オマルはこの旗を一度も見たことがなかった。この旗のために多くの男たちがこの国の山で命を落としている、と彼女は彼に言う！　ときどき、人はそれが可能なときに、彼女は付け加える（でも、彼女はそのあとで、自分は想像しただけだと、それでも、確かなこととして表現したと白状するだろう、神様はそれをお許しくださるだろう！と考える）、そして、戦場で倒れる人々のために、その勇者たちをこの旗で包む！

そうすれば埋葬のほかの宗教的義務はすべて免除される！　オマルはすっかり感動して、旗に無言で接吻する。彼はアリの方を振り向き、大きな声を上げる──『だから、あなた方の家には組織の全部があるのですね！』

重々しく、ライオン夫人は彼に告げた──『オマル、わたしは今日、わたしにとって自分より大切な預かり物を託すためにあんたが必要なんだよ！』彼は熱意をこめて答えた──『わたしにそれを渡してください！　わたしは大切に預かっておきます！』彼は一瞬、それは重要な書類か、大金か、あるいは……と思った。彼女はすぐに明らかにした──『それは一晩だけ保護しなきゃならない女（ひと）だよ！』

ライオン夫人は別の部屋にいるズリハを迎えに行った。街の婦人たちは、ライオン夫人が行動するのを見て、泣き言を言い始めた――『ほら、ラッラ・ルビアはお人よしの羊飼いに訴えかけるよ、今晩、彼が街中を破滅に陥れるために！』ライオン夫人は、女たちの声を聞きながら、何も言い返さない。ズリハは無言で、女主人のあとについていく。

『わたしは自分の息子のように知っている、あの若者をさ！　彼の心は汚れていないよ！』彼女はズリハをオマルに紹介した。ズリハは彼にあいさつした。

『あんたはこの婦人がだれだか知っているかい、ああ、オマル？』と彼女はたずねた。

『いいえ、わかりません！』

『犠牲になって死んだ、エル・ハッジュ・ウダイの未亡人だよ！』

ズリハは追われている――今晩、あんたの家にかくまうことができるだろうか？

『喜んで』と彼は感動したままで答えた。『わたしたちの家に来てくださるのを光栄に思います！ただ母に知らせに行きますから、待ってください』

ライオン夫人は彼が母親と一緒にティジリヌの海岸近くに住んでいることを思い出していた。彼らが住んでいる小さな建物にはかなり名の知れたフランス人大尉が住んでいることも知っていた。そのために、彼らのアパルトマンに夜間の検査があるおそれはなかった。彼は一時間以内に戻ってくると約束して、立ち去ったわ。

女主人はやっとほっとして、しきたりを忘れていないことを居合わせたご婦人連中に示そうとしたのよ。彼女は手早く、固ゆでにした卵や採りたてのグリンピース、バターをたっぷり入れたマカロニの大皿を準備し始めた。十五分後には丈の低いテーブルの上に大皿を置いた、そして女たち全員が祝い事のように集まったわ。

オマルは予定したより早く戻って来た。ズリハは外に出るために農婦のベールをかぶった。ライオン夫人はズリハを送って行こうと大急ぎでベールをかぶり、ハニアにご婦人連中の世話をまかせようとしたわ。でも、ズリハは、預言者とその妻ラッラ・ハディージャの名にかけて、ラッラ・ルビアは外出すべきではないと、何よりも休息すべきだと断言したの。アリが彼らを途中まで、自転車で送って行った。彼は母親やほかの女たちを安心させにかなり早く戻って来たわ」

「こんなに波瀾に富んだ一日の結末を、もちろん」とミナが陽気に発言する、「わたしは知っています。母の物語がそこで終わることができていたら！……」（彼女は夢想し、悲しむことを拒む）「母はその夜をこの家族の中でまったく安全に過ごしました。フランス人のあの大尉が隣人だったおかげで、彼らはどんな検査も心配してはいませんでした。それに、その大尉のことが彼らは好きだったのです。翌朝、母は、相変わらず農婦に変装してライオン夫人の家へ戻って来ました、彼女が前日の案内人のことを本当に心配していましたから。ところで、この点も上首尾に終わりました――門の検査に配属されたセネガル人たちは、見張り役とそこにいた十人ばかりの若者を捕らえていました。彼らは逮捕者たちを調べさえしなかったのです。午後の終わりずっと、それから夜遅くの強制労働に徴用することを決めていたからです――実際、彼らを利用して、入植者の使われていない小さな農場を軍事拠点に変えたのです！　翌朝、逮捕者たちを解放しました、そして、ほとんど信じられないことに、ズリハの見張り役が持っていたあれほど危険をはらんだ大かごを調べることさえ考えなかったのです。見張り役はライオン夫人の息子アリと再び連絡を取り、ズリハは白昼、支障なく、街を出ました」

第10章　ズリハの第三のモノローグ

わたしが学校（フランス風の学校、もちろん！）を出た日、父は農場で、家で、至る所で、ひどく誇らしげにこう繰り返した――『この地方で、おそらくは県全体で、初等教育修了証書を手にした最初のアラブの女だよ、わしの娘は！』。わたしは覚えている、あの日、わたしは小道をぴょんぴょん跳びながら、丘を登っていた。晴れ渡っていた、六月のあの夕暮れ時の光があざやかに思い出される。

村では、わたしがもらった賞品の本を、父が友人のカビール人の小売店主たちに見せるために手元に置いていた。わたしは、新しい靴を履いていた、わたしは十三歳半だった――きっと十六歳に見えただろう。不意に、鋤（すき）を肩にし、白い頭巾の上に大きな麦藁帽子をかぶった一人の農夫が反対方向から通りかかり、わたしにほとんど触れそうになった。わたしに無礼な目を向け、歩みを緩めはしても立ち止まらずに、わたしをじっと見つめ、それから、道の脇にこれ見よがしに唾を吐き、低い声でつぶやいた――

「キリスト教徒（ルーミー）に変装したシャイーブの娘だな！」

遠ざかりながら、彼はもう一度唾を吐いた。そして、軽蔑をいっそうあらわに示そうと、反対側に移って道を続けた。わたしが、あまりに突然の侮辱を前にして立ち止まってしまっていたからだ。動けなくなっていたと思う、でも、あまのじゃくから、幸せと言ってもいいような気持ちになってもいた――一瞬、それは本当だ、わたしは〈変装している〉と思った、でも、入植者たちやその妻たちに平然と立ち向かい、その娘たちに対して尊大な態度を取り、おそらくは敬意を表するつもりで、わたしに近づこうとしたその息子たちに悪態をついてきたので、わたしは大事なことを忘れていた。わたしの親類や、〈現地人〉と言われる農民たちや、小屋に閉じこもったその妻たちや、彼らが学校に行かせないその娘たちの目には、わたしは、運よく、〈変装している〉ように見えたのだ！

わたしは、一人で、新しい靴で、ぴょんぴょん跳びながら再び歩き始めた――

「変装している！……変装している！……」

ねえ、わたしの娘、わたしのおちびちゃん、それはわたしの最初の喜びだった――わたしが平然と立ち向かっていた他者に対する挑戦ではなかった――挑戦はむしろ陶酔を与える。そうではない、それは激しい歓喜、全身の、筋肉の、碁盤縞のプリーツ・スカート（初めての〈タータンチェックの〉スカートをどんなに得意な気持ちではいていたか、今でも覚えている！）からむき出しになったふくらはぎの震えだった。だから、確かに、早く大きくなりすぎた少女か、あるいは若い娘のわたしはぴょんぴょん跳んでいた、そうして丘の頂きに、ミティージャ全体をもっとも広く見晴らせる場所（いつも毎朝、そんなふうに歩いて通学していたので、このあたりの田園の美しさにすでに心を揺り動かされて、呼吸するのが好きだった場所）に辿り着いた。

父の農場はオレンジ畑の真ん中で、くぼみの中に縮こまっていた。この畑をたいそう巧みに手入れできるのが父の自慢だった。オレンジの木々と、まわりの父祖伝来の土地のほとんどすべてを持ち続けた、この地方でただ一人のアラブ人！〈キリスト教徒に変装して〉、この言葉で、農夫――尊大な態度をしてはいるが、おそらく結局のところ、ただの浮浪者――はわたしを侮辱できると思っていたのだ、父を知っているにちがいなく、わたしが二度と会うことのなかった男。わたしは、その日、冠を頂いているような感じがした！　その理由をわたしは即座に、本当に理解したのだろうか？

今では、街の上でのわたしの独り言、おまえを探し、おまえとおまえの眠りに向かってひそかに高まっていく激情の中で手探りしているわたし、わたしの独り言は、かくも長い歳月の後で――一度として悪臭を放つことなく、波の上の大空で散り散りになった死体――青春に先立つ日々のこの突然の思い出のために、輝かしいと言えるほどの歌になる。今のおまえとほとんど同じ年齢でのわたしの失踪の知らせに、おまえをとらえた言葉にならない茫然自失のときに……

わたしが働きに行く決心をした少しばかり遠い、最初の街――〈バラの街〉とあだ名されていた――で、小路を通ってロココ様式を思わせる建物の中央郵便局まで行くとき、わたしの体がどれほど軽やかに思われたか、おまえに同じように伝えたい。

わたしは初めての赤ん坊を父方の家族の女たちの間で育ててもらうことにした。離婚していたが、当時の支配階級が占めている空間の中で自由に行動する決心をし、二十歳をわずかに過ぎたばかりのわたしは自分が未経験だと感じる一方で、わたしを包み込んでいる自尊心が、伝統的なベール、故郷の平野に暮らす農婦たちや、しきたりではむしろ厳格なここセザレーの女たちがかぶるベール以上に、実際、わたしの姿を見せないものにし、わたしの心をすでに強くしていると感じた。

わたしは郵便局で働き、一人暮らしをする決心をした、父は週末毎に、ハジュートまで長距離バスに乗って、農場に戻って来ることを強く求めた。

家族に再会するために、わたしが長距離バスを降り、父が四輪馬車でわたしを待っているときも、わたしは一度として〈ベールをかぶる〉ことを考えなかった。土曜日の朝、村の中心にあるヨーロッパ人たちのカフェには大勢の客がいた――歩道の向こう側の薬局は小学校から出て来た子どもたちを連れた母親たちで同じように賑わっていた。わたしは頭を上げて中央広場を横切った。夜になると、彼らはその広場に再び集まって、少なくとも美しい季節の間、踊った。この時もまた彼らの目にわたしは偽ヨーロッパ人の郵便局員に〈変装している〉ように見えたのだ――緋色のヘンナ染料で染め始めていたわたしの赤毛や、まさに入植者たちの住むこの町でだれの目にも、外で働き、ベールをかぶらずに外出するムーア人の女に見えることをわたしが望んでいると知らせるそのやり方にもかかわらず！……

なぜ、あまりに取るに足らないこうした細部を、かくも長い時が過ぎた後で、わたしは思い出しておまえに語るのか？　おまえがわたしと再び一緒になるためにやって来ることができたあの洞窟で過ごした夕べや夜を、つまりわたしたちが一緒に過ごした最後の週をおまえとともにどうして回想しないことがあろう？　あの時の日々の中でほとんど奇跡のように、わたしの可愛い娘のおまえが傍にいることはこの上なく幸せだった、だが、わたしのいないおまえの青春が間もなく訪れることを予想する苦しみのために、わたしは五年か十年毎に、経験から経験へ、喜びの状態から驚嘆の状態へとわたしの体と魂を夢中にした陶酔の鎖を回復させることは考えなかった。

おまえと一緒に行くためでないなら、暗がりの中で何を発見しようとし、何を回復させるというのか、どのようにして？

ところでわたしは、ヘンナ染料の燃えるような色で染めた髪を後ろで束ね、スカートの丈を以前より少し長くして、長距離バスを降りた。もっとも当時の流行はヨーロッパの女たちのワンピースの丈を短くしていた――こうして、わたしは誇らしげに胸を張って、視線に挑戦していた――ヨーロッパの男たちの視線、かつてわたしの仲間でわたしの恋人になりえたかもしれないが、早々と自分たちの陣営に戻ってしまった彼らの息子たちの視線、わたしが通っている間、ドミノの勝負をたえず中断せずにはいられなかった父の友人たちの視線も同じように……ベールをかぶった、見知らぬ女のあの目まで――伏目がちにした、ただ一つの貪婪な目――その女は、ある日、父の到着が遅れていたとき、わたしに軽く触れ、わたしを侮辱した――

「あんたはアッラーに恥ずかしくないんだね！」と狂信的な女は怒って言った。

わたしは甲高い声で笑った。

「いつ、だれに恥辱がふりかかるかだれにもわからないわ！」と、わたしは共通の方言で辛辣な即答を見つけたことに嬉しくなって、言い返した。

こうした形のわたしに対する予想だにしない敵意を前にして、突然、わたしは年を取ったと感じた――他者たちのどんな重荷で押しつぶされたのか？――ことを覚えている。姿を見せない女たちのすべてが、おそらく女中にちがいないこの女のように身をさらさない女たちが、わたしの大胆な若さに対してこの女を自分たちの代弁者に仕立てているのだ、まるで、その閉ざしたブラインドの向こうからでさえ、わたしにこう言っているかのように——『なぜ、一体なぜおまえが、おまえ一人が太陽に身をさらし、肌をあらわにし、陽光に身をゆだねているのか？』と。

今日のおまえのために。わたしの可愛いおちびさん、ああ、悲しいことにほどなくみなしごと呼ばれることになるおまえ、わたしはおまえが新しい友人に伴われて、セザレーの街の至る所を、東の入口にある聖人の聖堂まで、車を走らせているのを見ている。おまえたちはやっと、太陽の下に突然、数を増したほかの女たちと同じように歩いている。そして、とがめるようなただ一つの目で、汚れた白色のベールの下で歯をくいしばって、わたしに挑みかかったあの女には気の毒だが、今度はおまえたちがやっと一緒に、〈むき出しで〉歩いている（誇張した表現の品のなさや根拠のなさを和らげるために、相変わらず、この最後の言葉をアラビア語で、女性形で言わなければならない）。ほんの少し前、一人の娘が自転車で高校(リセ)に通い始めたと思う、そして、この些細なことで、またしても街で悪評が広がるように見える！

〈わたしたちの〉街、とわたしは言おうとしていた、わたしの大切な娘！　というのも、わたしは自分が少しずつセザレーの女だと思ったのは、おまえの父親に出会ったときだからだ。このかくも古くからある都市に、わたしは未来を熱烈に信じて初めて身を落ち着けた。
わたしは最初の日から〈彼の〉古く質素な家に入った――〈おまえの〉家に！　わたしはかつてフランス軍の軍服を着た男をたいそう愛した――誇り高く、頑固な男、おそらく真の軍人。数年間の彼との際限ない議論にわたしは疲れ切っていた……わたしが美男だと思った彼、彼を目にすると、わたしの心臓は最後まで高鳴り、辛うじて別れた――一九四五年五月の事件〔五月八日、民族主義的暴動、数万人の死傷者〕はわたしたちすべてにとって途方もなく大きなものだったから！……それは発端から意見の衝突でわたしたち、わたしたち二人を押しつぶした。わたしは息子を彼の許に残した、息子は十年後、ああ、何ということ、あの子にとって不幸にも、わたしの許に戻って来た、おまえも知っている通り！

おまえの父親にわたしは偶然に出会った――わたしの父のような農場主らしいふるまい、博労を仕事とし、フランス語はいくつかの言葉をわずかに知っているだけ……わたしに感嘆し、わたしを〈ラッラ〉と呼び始めた人を知ること、それは、娘よ、かくも多くの苦しみや闘いの後では暖かい毛布のようだった、おまえの父親はいつまでもそれでわたしを包んでくれた。

何を伝えるべきか、おまえに何を伝えるべきか、おまえのためにエル・ハッジュ――わたしはいつもそう呼んでいた――の何を回想すればいいだろう――その愛情、かくも深いその優しさのおかげで、彼の目の中で、かくも慎み深いその気高さの中で、わたしは変装しているとも、閉じこもっているとも、化粧をしているとも彼には映らなかった……わたしは、自分が充実しているのを、それでいて奇妙なほど無口なのを不意に感じた！　もはや街を探すことも、絶えず太陽を求めることもなく。わたしが入り込んだ家の暗がりの中で、そのときまでうわさでしか知らなかったこの古代ローマの都市の中で、自分がどんな考えに立ち戻ったか？　長女は結婚していた――息子のエル・ハビブは彼の父親の兵舎で成長していた。エル・ハッジュと結婚し、わたしは自らごく自然に、代々伝わってきたベールを再びかぶっていた、一度も、ただの一度も、それが経帷子（かたびら）だと心に思うことさえなく。断じて。

重要なこと、それは、わたしたちが毎晩、話したことだ、エル・ハッジュとわたしは。彼は付近の国境警備地帯から戻って来ることが多かった――西のメッセンジャーたちがこれらの土地を駆け回り、投獄されたリーダーたち、亡命したリーダーたちに関しても詳細を知らせた。彼らはオリエントで、リーフ山地出身の老練で偉大なアブデルクリムに出会った！　当時、カイロで、こうした政治的亡命者たちは一人残らず、自由な〈大マグレブ〉を実現することを夢見ていたそうだ！……かくも美しい夢！……心からイスラム教徒だったおまえの父親はとにかく巡礼に旅立つ決心をした――わたしのお腹にはおまえの弟がいた。わたしはこの旅をするよう勧めた。

二か月後、彼が戻って来たとき、わたしは今でもあの夜の彼の姿が眼前に浮かぶ――おまえは父親のひざの上でその新しい衣服におじけづきながらもひげを引っ張った、彼のほうは、帰宅の喜びに目を輝かせ、わたしにすべてを尽きることなく語ろうとしていた——エジプトやシリア、わたしたちの先を行っていた独立国、要するに、ほかの世界のことを！

続く歳月、それはわたしにとってもっとも幸せな生活だったと思う——何にもまして眠り、それから、彼の話を聞き、子どもたちと過ごしているようにしばしば思われた十年に近い日々！それは心地よかった。仕事や、散歩や、外での集会から疲れて帰って来るが、毎晩、わたしを相手にそれらを思い出す男と過ごした、多くの夜——かくまでも情熱的な心を持った夫！

はるか後になって、最期を迎えたエル・ハッジュの遺体がわたしの足許にあったとき、彼のむき出しの胸や顔や、彼の血がまだ乾いていない至る所に触れようと、わたしは涙をこぼさず身をかがめた！ わたしは両手を握りしめて帰宅した、それは手が血にまみれていたから。わたしは彼の血がわたしの上で、わたしの肌の上で乾くことを望んだ。

その日、家に戻りながら古い界隈で顔を隠そうとベールを再びかぶった、確かに、その日、わたしはすべてがもう一度始まろうとしているのを感じた——わたしは再び変装しようとしていた、その時まで受け入れていたそのベールが経帷子（きょうかたびら）なり牢獄になるのでないにしても、それを引きちぎるか、そうでなければ、衣装として身につけることがわたしには必要だった、だが、どんな芝居、どんな途方もないゲーム、どんな新たな挑戦のために？

それは酷暑の日だった。市街地に住むご婦人たちが月並みなお悔やみの言葉を述べにやって来た。彼女たちの言葉はほとんど耳に入らなかった——外に出てもう一度、生き、呼吸し、叫ばなければならないだろう、自分の毛穴や髪を通して、あるいは、見つけ出すべき策略を通して、顔や、隠されたりむき出しにされた体から、生命を感じなければならないだろう……わたしは作り出さなければならないだろう！

おまえの父親の埋葬から、フランス兵たちがわたしを森から連れ出した日まで、わたしはもはやどんな苦痛も感じなかった——ときに、わたしの心を荒々しくした昔からの明確な意志、ときに、わたしの中に無傷のまま戻って来た青春のあの陶酔！　わたしの心が、ともすれば、動揺せずにはいられなかったとき、それはいつも、幼い二人の子を預けなければならなかった苦悩によるものだった。けれども、幸いにもおまえには、洞窟でのあの日々と夜、自分なりに別れを告げることができた。

わたしは〈マキで過ごした時間〉を陶酔のように思い出すのだろうか？　この最後の逃亡はわたしにとっていわば長い休暇のようなものだった。上の娘がおまえたちを引き受けてくれることでおまえたちに対する気がかりを取り除いてくれてから、わたしは体を絶え間なくさらし、体力を惜しみなく費やせるようになった。山にいるパルチザンたちの許に到着したとき、わたしは再び歩みを続けるような気がした――どこに向かって、どんな目的に向かって、わたしは〈最後まで！〉とだけ考えていた。

おそらく幼年時代を思い出させる世界をわたしは自然に見出したのだ――おまけに、まるでわたしがそれを忘れはしないと誓いを立てているかのように、しばしば、わたしの足もとに古代都市があると感じながら。テラスの上に、閉じた部屋や秘密のパティオやブラインドが半開きになった窓のある日常生活の上に、ブドウ畑やささやきや沈黙が作り出すこの世界は真実、わたしには過ぎ去っていた。

それでも、興奮や精神の集中や策略、そして絶え間ない動きが移り変わっていく中で――年老いた農婦の姿で街に降り、再び登り、隠れ場を捜し出し、届けられていたものの報告をする……、時々、不意に森に避難するためにこの隠れ場さえ片づける――絶えず戸外でのこの不在をわたしは再生のように感じた、けれども何に向けての？

わたしの可愛い娘よ、ある夜、女たちの宴があった――おまえのおばさんの家で。自然発生的な宴――農婦たち、とりわけ、このあけっぴろげな結託がうれしく誇らしく興奮した年寄りたち――おそらく、わたしたちの仲間がもうすぐ出発することになっていると気づいていたのだ。子どもたちは閉じ込められていたにちがいない――だれが提案したのだろうか？――もっとも離れた所にある小屋の一つで子どもたちを眠らせた……真夜中に二十人ばかりの女たちが半ば厳粛な集まりの中で、それぞれ宴のチュニックに身を包んで座っていた。一番若い女、ふっくらした頬、光と健康で輝いている顔の十五歳の新婦（ということだった）が、街から、いや、首都から持って来たという緋色のスカートをはいて給仕していた。化粧した唇にうっすら笑みを浮かべ、最近、ヘンナ染料で赤く染めた指でシナモンか、アニスの粒で飾ったパイ皮入りのパンデピス〔蜂蜜入りの香料パン〕の取り分を一人一人の方にまぶたを半ば伏せて差し出していた、というのもこの一週間、恥らいという社会的演技をしているからだ。

表向きには、女たちが彼女の七日目の幸福をともに祝うと考えたのだとわたしは思う、けれども招かれた女たちは一人残らず、若い女たちも含めて、宴の女王はわたしであるように振舞っていた。未亡人になり、それ以来、だれの妻でもないわたし、だが、だれもが間違いなくわたしをうらやんでいた、まるでわたしが四十人ばかりの地下運動員たちの純粋に精神的な妻になったかのように。わたしは彼らのもとにとどまり、わたしたちの山村から離れていなければならないだろう……

わたしは一人ずつ女のもとへ行き、わたしのために用意されたビロードで覆った低いマットレスに座っていることはできなかったし、袖の短い農婦の仕事着のままで、わたしの指は季節にもかかわらずまだ冷え切っていた——おまえのゾフラおばと一緒に洗濯をしなければならなかったからだよ——。祖母たちの集団も含めて——その中の一人は盲目で、指で大切な数珠をつまぐり半ば口ずさみながら首を振っていたが、女たち一人ひとりが、そう、だれもがわたしを新婦のようにみなしていた、わたしを！　いずれにしても、ほかの女とは異なったお客と考えていた。実際、この集会を願ったのはわたしだった——仲間の差し迫った別離を口実にした——朝、指揮官がこだわっていた——

「危険を冒すのは、あなた……あなたですか？」

「ええ」、わたしは答えた、「皆を夜遅くなって集めます！　一緒に夜を過ごすつもりです。明日、あなた方と合流します！」

秘密を打ち明けられたおまえのゾフラおばは、日中、一番若い女たちに献立の準備を振り分けていた！　だからわたしたちは、その夜、食事をした、おまえのおばは旬の野菜を添えたセモリナでいっぱいの料理を出せることが幸せだった。一人の老女が不意に提案した——

「この幸せにみちた夜、わたしに〈愛されし者〉の歌を語らせておくれ！　優しい目の預言者、その愛はわたしの心を目覚めさせ、わたしの冷たくなった手足の血を再び温めてくれる！」

老女は最初の歌を口ずさんだ——にわか仕立てのコーラスがそれに従った。そして、歌の終わりに——忘れられていた愛の言葉や、口には出さない優しさの葉飾りを、その夜のさなかに、わたしたちの間に織り上げ、わたしの隣の女はそっと涙を流し、また別の女は恋する女の愛の告白のようにアッラーの名を繰り返していた――、十五歳の若い花嫁が、まだ輝きを失っていない、数日前まで処女だった若い花嫁がわたしの方に進み出て、おどおどした声で言った――

「おお、わたしたちを導くあなた、〈天国〉の絵の具であなたの手のひらをわたしに赤く染めさせてください！　あなたが明日、わたしたちと別れても、わたしたち、ここにいる女たちの庇護と愛はあなたについて行くことでしょう！」

わたしは答えなかった――涙――何年来の、初めての涙――がわたしの目に込み上げ、わたしはその涙を隠すことができなかった。おまえのおばは、わたしはずっと以前からそのことを知っていたが、心の中を読み取り、皆にはっきり言った――

「祝福された女ズリハは娘のことを、末娘のことを考えている！」

「その娘が幸せであり、そしていつの日か、今、あんたの前にまっすぐ立っている美しい女のように庇護されんことを！」と盲目の老女が叫んだ。

若い花嫁はわたしの前でひざまずいて、布を広げ、きらめく銅製の古い碗の中でヘンナ染料を練った――隣の女が連禱を引き継いだ、そして長く続く儀式の中でわたしはいつのまにか彼女たちに導かれるままになっていた。

「わたしは一度も、わたしのどの結婚式でもこの習わしを求めることを考えなかった！」とわたしはつぶやいた。

そして、金色とサフラン色のスカーフをかぶって歌っていた女がわたしに言った――

「今晩はあんたと〈天国〉の結婚式、ああ、われらの女王！」

わたしは涙をぬぐった。わたしの手のひらを布でくるみ終わろうとしている初対面の女、花嫁を見つめた、そして、願わずにはいられなかった――

「わたしの末娘が、いつの日か、今日、あんたの顔を輝かせているその輝きに包まれんことを、おお、わたしの娘！」

「幸せです、わたしはこの上なく幸せです、わたしは幸運と愛にふるえています、あなたがおわかりならば！」と彼女はそっとわたしにささやいた。

手はすっかり塗りたくられ、絵の具が乾くのを待って、わたしはまっすぐ立ち――体がきかず、奇妙に弱々しく――、そして若い花嫁に接吻した。

夜明けとともに、わたしは兵隊たちと合流した。森の中のあの高地で、〈わたしの戦士たち〉と一緒にいることしかできないだろう、とわたしは考えた。わたしは指を洗った、それから、昇る太陽にかざして、緋色になった手のひらを見つめた……女たちのあの夜のことを、わたしたちすべてを結びつけたあの和合をわたしはおまえに語る！

あの頃、洞窟の中で一度だけ、おまえたち二人への愛惜の念にいっそう激しく襲われたことがあった！　わたしはおまえを呼んだ――おまえがとうとう、もうすぐやって来る……

第11章　少女ミナがマキにいる母を訪ねたとき

ミナとその女友だちはアルジェに向かう途中で、かつて十九世紀の終わりにイタリアからの移住者たちで大きくなった、とある漁村で止まった。味のよさでこの地方で今なお有名なアンチョビーの缶詰の商標〈パパ・ファルコーネ〉が目に入る。

二、三世代で〈黒い足（ピエ・ノワール）〉〔独立前のフランス（ヨーロッパ）出身のアルジェリア住民〕になった、こうした移住者たち――まるで、アメリカ・インディアンの遠い部族〔ブラックフット（黒い足）〕の名の思いがけない借用がかつて戦争で押しつぶされた原住民たちを忘れさせることができるかのように――、こうした移住者たちはしたがって一九六二年〔七月、独立宣言〕の後、うねりとなって地中海の北の方に戻り、近くの丘の村人や農民たちは今やすっかり幻滅して、捨てられた海岸通りをさまよっている……

ミナは小道の突き当たりにある地味なレストランを知っている。漁港の上にテラスが張り出している――店の主人は昔、シトロエン自動車会社で働く労働者だったが、退職して生れ故郷の村に戻った――彼の妻や子どもたちにとってリヨンの郊外はいわば楽園であり続け、彼らは海辺で過ごす休暇のために夏の間だけ彼の許にやって来る。

ミナは〈再び入り込んだ〉移住者の店できまって休憩を取る。

「彼は料理をするのが好きなんです――新鮮な魚のグリル焼き、蒸し野菜のサラダ……それからとりわけ（彼女はいたずらっぽく笑う）土地の美味しい赤ワイン。わたしは彼が（彼女は声をひそめて付け加える）、先祖たちの村の中心で公然と飲む方法をこうして見つけたのではないかって思っています！」

真昼の今、酷暑の蒸し暑さを避けなければならない。

「午後の終わりには首都に着いていますわ！」とミナは約束する。

アントレにアンチョビーを味わった後で、二人はともに〈自家製の〉パンを注文する。

「向かいの村の女が焼いたものでね、給仕が小道を渡りさえすればいい！」と主人は微笑みながら言い、今日の特別料理は夜明けに釣ったヒメジのグリル焼きだと告げる。

友人たちはこうして近づいた二人の別れを惜しむ。

「二年前、わたしがあなたと初めて交わした会話を思い出して、ミナ――『やっと十二歳になったばかりの少女だったあなたが！』マキのお母さんの許に登って行ったときのことをかいつまんで話してくれたわ」

ミナは答えない、放心している。レストランの主人はあちこち動き回る——とある若い女のことを話し始める、明らかに村の名士だ——

「彼女はあれから、五年、せいぜい六年前に、フランスに移住することを選んだのですがね。今、向こうでどうしているか、ご存じですかな？」

「向こうで、つまり？」

「この村にとっての昔の移住の街、グルノーブルですよ！……」そして、饒舌な彼は続ける——その若い女、ハリマ、〈夢見る女〉と訳すことができましょう、あるいは、〈夢に似つかわしい女〉ではいかがでしょう？　ところで首都で地理学の免状を取得したハリマは、地質学で学問を続けたかったらしい、だが、奨学金をもらえなかった。そこで、向こうで、かつてここの〈ピエ・ノワール〉の言い方では〈本国で〉、運命づけられた名のハリマは自分の夢が叶うのを目の当たりにした——職業を持っているばかりか、そのうえ、街の重要人物に変貌したのですな！」

「街の重要人物って何ですか？」ミナの女友だちがたずねる（そして彼女は考える——料理は美味しい、自家製のようにマリネした野菜、でも、主人は何というおしゃべり！……今日のわたしたちにふさわしい静寂を与えてくれるかしら？）

「わたしたちの同国人がどうなったか、あなたは知りたいのですね」とミナが明確にする、「ハリマは向こうで、市議会議員に選ばれました。この昇進の知らせに、村はすぐさま一度に山のように祝電を送ったのです」

「村は死にかけていますな」と主人がため息まじりに言う……「観光客はほとんどいやしません——地方の客はと言えば、金持ちの子どもたちは首都の近辺を離れやしませんからね」

「あなたは隠遁の地を見事に選びましたわ」と訪れた女は結論を下す。

突然の静けさ。蟬の途切れることなく続く弱々しい鳴き声がかすかに聞こえるだけの外の庭から訪れる静寂。客たちの世話を若い給仕に任せて、主人は昼寝のために姿を消す。ミナの唇には放心した微笑がまだ浮かんでいる。過去に沈んでいるのだろうか？　友人の問いかけは中断されたままなのだろうか？

やがて彼女は話し始める、より正確に言えば、自分の話に聞き入る決心をする——馴染みの中継地の一つであるこの安食堂で、彼女は二人が……帰る途中であることを本当に忘れていないだろうか？　彼女はつかみ所のない言葉の実体にそっと入り込みたい、なぜ思い出そうと努力するのだろう、なぜ？　時々、思い出は一輪の花、一輪のクチナシ、それとも……そうではない、母の思い出をわたしは閉じた円環のように抱いている、その中心にいるわたしはモアレ織かごわごわになったタフタ織に包まれ、時々自分の姿を見つめ、そして時々、今度はわたしが暗くなる。記憶の中に入ろうとしても入り口がふさがれ、思い出すことができないと理解できるだろうか、この友だちは……

わたしは死者たちを目覚めさせはしない、わたしの中で彼らは生きている、せいぜいエジプト風に防腐処置を施され、それから、少しずつ薄暗がりの中に広げられる彼らは。かつてわたしはいつも炎天下で遊び、海ばかり夢想していた。弟だけが港に水浴びに行くことができた、わたしは一度として。わたしの青春時代にズリハがいさえしたら、わたしは思い切って漁師の息子のような格好をしたにちがいない（わたしは薄い胸をしていたから、髪を短く切るだけでよかっただろう）。それでも、不在のヒロインの娘であるわたし、母の伝説を思い描くことしかできなかったわたし……思い出、気分のままに夢想のままにゆっくりと満ち、蒸発する内面の潮……

ミナは目を開けるが、せいぜい二、三分のこと、太陽のまばゆい白さにくらんだようだ……

彼女は、辛抱強く尋ねた女にやっと答える――

「あなたにグリルで焼いた魚を味わってもらいました。過去に没頭してやけどする？　昔の思い出の波に飲み込まれて……？　今日のこの無関心な海を見て、言ってみれば、元気を取り戻すだけできっと十分なのですね！」

やっと彼女は語り始める。聞き手の女は、少しばかり華奢で長い指（まるでミナが話すよりも書くことを望んでいるかのように右手の指）を、拍子をとり、短い言葉や長い言葉を強調し、浮上させ始めた指をじっと見つめる——後戻りできない前進の中で、二度と戻って来ない日々が展開する中で、祈り、呪い、悪魔祓いをする覚悟を、あるいは、希望する覚悟を決める女の一連の言葉、確かに、ミナの長い褐色の指は小刻みに荒削りのテーブルのへりを叩く、そして、こうして持続したその声は、この後、中断することはないだろう、むしろ、絶えず前進して道をつけるだろう（この地で地質学の知識を発揮することができないゆえに、はるか遠くに、はるか高い所に、ヨーロッパ・アルプスの頂きに向けて出かけ、レストランの主人の言葉によれば、〈名士〉になった移住者の女のように）。心の中で過去（「十二歳の少女のわたし」……）を食い入るように見ている女の片方の手の指が容赦なく拍子をとっている。未知の韻律法による秘密のリズム……

ミナの声

それまで見たことのなかった乞食の女に出会ったあの日のことを覚えています。近づきながら、わたしは、確かに山間部の訛りがあり、遊牧の女たちのように、あごや額や頬骨の上部に多くの刺青をしたその女が年寄りではないことに気づきました。戸口を叩かずに、女は音を立てて入って来、わたしが洗ったばかりのひどくひんやりとした玄関に有無を言わさず座りました。

「母さんを呼びなさい！」と女は邪険にわたしに言いました。

「母さんはいません！」

「それじゃ、おばさんか姉さんを！」

「どういうご用ですか？」と、十二歳の少女のわたしは、一家の主婦のような印象を与えられると思い込んで、背をぴんと伸ばして言い返しました……そして付け加えました――「弟は外で遊んでいます、でも、家では、わたしが……（主人としてふるまっている、と言おうとしましたが、やめました）」

「あんたが？」と女はおもしろがって言い、不意に口調を変えました。

女はタイル張りの床にじかに座っていましたが、水槽の縁に背を伸ばし、和らいだ声で付け加えたのです――

「あんたが、ああ確かに、あんたが一家の主婦だ、ここでは！　ほらね、わたしは何もかも知っている、わたしは……言づけを持ってやって来たからさ」

「言づけを持って？　だれからのですか？　どんなことですか？」

そしてわたしは口調を強めました――わたしは罠を怖れていたのです。女はすぐにわたしを落ち着かせました――

「あんたは確かにあんたの母親、ム、ジャ、ヒ、ダの娘だよ」

母と同じように、フランス語の方が得意だと感じていたわたしは即座にフランス語に直しました――「あんたの母親、女戦闘員」と。わたしはこの言葉のために信頼しました。今度はわたしが女と向かい合って座りました。おそらくメッセンジャーだ、でも、一体どんな言づけの？

「戦いで神がお助けになっているあんたの母さんは、あんたとあんたの弟を迎えに行って、母さんの所まで連れて来るよう、数日、過ごすよう望んでいる……母さんと一緒に！」

「数日、母さんと一緒に？」わたしは胸がどきどきして、つぶやきました。

「母さんはあんたたち二人に会いたくてしかたがないらしい！」

わたしは大急ぎで考え始めました。わたしはすぐにでも出かけたかったにちがいありません。

「弟は」わたしはつぶやきました。「今日のように、学校へ行かないときは、外にいます――路地で遊んでいます。まだほんの六歳だから、仲間が欲しいのです！」

「あんたたちは、数日、休暇で姉さんの家に出かけると知らせればいいさ！」

「できません、今のところ、学校で休暇はありません！」

「口実を見つけられないかね？」

わたしは探し始めました、探しに探しました……すると、いつも面倒を見てくれている姉のハニアの声が遠くから聞こえたのです――『気をつけるのよ、軽はずみはいけないわ、慎重に振舞うのよ！……』

「今晩を待たなければなりません――親類のアイシャが毎晩、夕食に来て、時には、一緒に眠ってくれます。アイシャが友だちの家から姉さんに電話をかけて話してくれるでしょう」

乞食の女に冷たい水の入った水差しを持って来ようとそれから考えました。

「オリーヴの実と、今朝のガレットを差し上げられます」

「まさしく一家の主婦だね、あんたは、娘さん！　水をおくれ」

女は長い時間をかけて飲みました。

「ほかには何も要らないよ。覚えておくのさ、わたしは使者だよ！」

女は突然、きびきびした動作で立ち上がって、背をまっすぐに伸ばしました。女はわたしを抱きしめ、優しい表情になりました――

「明日、同じ時刻にもう一度来るからね、弟をいつものように外で遊ばせておくんだよ！」

女が戸口の重い扉に近づいて開けようとしたとき、わたしは不意に思いもかけず突進しました。

わたしは女のチュニックを引っ張りました。

「ねえ、言ってください、ああ、お使いの方！」

女は微笑みながら、わたしの方にかがみました、女の濃い青色の刺青がどれもこれも変形しました。

「あなたは会うのですか、わたしの母さんに？」

わたしの声は動揺しましたが、くじけないように唇をかみました。

「あんたは会えるさ、あんたは、約束するよ、おちびさん！」

それから、外に出るために体の向きを変え、腕で円を描くしぐさをして、家中の者への一般的な祝福の言葉を付け加えました。

ところで、わたしは一晩中、眠ることができませんでした――母は山々の支配者で、世界中で大勢の使者を思いのままに動かしているように思われたのです！――

ほとんど子どもっぽいこの物語のリズムを示していた右手が急に止まる。突然、冷静な顔になったミナは、抑揚のない口調で続ける――

「わたしにとって、数日、母に会いに行くのはたやすいことでした。姿を見せる案内人の後について行き、長距離バスに乗るためにベールをかぶる――わたしは背が高いので――ことが決まっただけにいっそう。でも、弟にとっては、そうではありませんでした！　危険が多すぎたのです。隣人たちが尋ねあうだろう、そして、警察の回し者が警戒するようなことになれば、わたしたち二人がビュルドーの姉の家にいないことを確かめるのは容易だったでしょう。

結局、わたし一人が冒険を試みること、毎晩やって来る親戚の女がわたしのいない間、家に住むことに決まりました。

わたしは街の出口にあるシディ・ブラヒムの霊廟の前で案内人と会う約束をしました。若い娘用の白いベールをかぶり、自由な片目を除き、顔を完全に隠して、到着しました。

それはわたしにとってどれほど難しいことだったか！　まず、わたしが住んでいる界隈のエル・クシバ通りを生まれて初めて、まっすぐに、人々の視線を避け、たえず待ち伏せしている野次馬たちにそれとわからないように下っていくのは誇らしいことでした。おそらく十六歳に見える、本物の若い娘、ほとんど女のようなシルエットであることがとりわけ誇らしかったのを思い出します――正真正銘、見知らぬ女であることにわたしはすっかり興奮していました。

門の近くの聖堂にいる若者の特徴があらかじめ知らされていました――赤い頭巾をかぶり、かさの大きいかごを持っていると。わたしは彼の方に向き、わたしの顔を見せました。彼はどの場所で長距離バスに乗るか説明してくれました。『あとについて行くから！』と彼は付け加えました。わたしは再び顔を隠しました。ベールをかぶり、暗がりに片目で見る、それはまるでもう何も見えないかのようでした……不意に、おそらく興奮のために、わたしは取り乱したのです。このごく小さい裂け目を通してすべてを見る？　だれを見るというの？

長距離バスが到着し、わたしは震えながら乗車しました。バスはすぐに走り出しました。わたしは口ごもりました、わたしの唇が布の下でつぶやきました――

「メナセルまで」と。

わたしは案内人が乗車しなかったことに不意に気づきました。それに続いて、運転手はかなり大きな、皮肉な声で答えたのです――

「このバスは、ああラッッラ、ハッルーバ行きです」

わたしはうろたえました。次の停留所で降り、反対方向に向かう別の長距離バスに乗り、出発点のシディ・ブラヒムの霊廟近くに戻って来ました、案内人はもうそこにはいませんでした――わたしは迷いました。家に戻るべきだろうか？　そんなことはないと、歯をくいしばって、自分に言いきかせました。弟は家で一人ではない、三、四日の間。わたしは母に会わなければならない。何が起ころうと、わたしは母に会う！　わたしは大急ぎで考えを巡らしました――前の年に、でも、ベールをかぶらずに、たった一人で、父の部落まで長距離バスに乗ったことがありました、その頃、父はまだ生きていましたが、追われていました。そこに行こう、とわたしは考えました。わたしの前をさまざまな年齢の農夫たちが通り過ぎ、街から遠ざかっていきました。わたしは一人の老人に近づきました。

「おじいさん、イッザルを知っていますか？」

「もちろんじゃよ、わしはそこを通って行くのさ」と老人は答えました。

「道中、あとについて行っていいですか？」

老人は、不意に警戒するように、わたしをじっと見ました――ベールの下のわたしの声がわたしの年齢を明かしているからにちがいありませんでした。

「イッザルでだれの家に行くのかね？」と老人はたずねました。

わたしは父の一族の名を言いました。老人は、安心した様子で、わたしに答えました――

「ついておいで！　わしが乗る長距離バスに乗り、わしが降りるところで降りるがいい」

やっと安心して、覚悟を決めました、そして午後のうちにゾフラ・ウダイおばと、その頃まだ生きていた祖父の家へ着いたのです。わたしはがまんできませんでした――

「母さんに会いに登って来たって、マキにいる母さんに言うためには親切な案内人を見つけてくれなきゃいけない！　母さんに会いたい！」女たちがわたしの周りに集まって、驚いている間、わたしは力説しました。

一年ばかりの間に確かに大きくなっていましたが、かなり不器用にベールをかぶったわたしを目にして、女たちは思わず微笑んだり、ほろりとなっていました。

翌日、非常に早く別の案内人がやって来て、ついに母が暮らしている待避壕、つまり、高地の、森の真ん中にあるトーチカまでわたしを連れて行ってくれました。母と一緒にいる仲間は四十五人の男たちで、ほとんど全員がひどく若かった。後になって聞いたことですが、状況はズリハにとって厳しいものになっていました――裏切りが心配されていました。徹底的な捜索が増え、ズリハが街で、女たちの核とつながりを持つことはもはや論外でした。まもなく母の地区を完全に変更することが決定されました。母がわたしたち――〈わたしの子どもたち〉と、母は言葉少なに言っていましたが――に会いたくてしかたがなくなったのはこうした状況の中でした。わたしは覚えています、最初の夜、洞窟の奥深い所で母に抱かれて、朝まで、眠ったことを。

母はこれら戦闘員の中でただ一人の女でした。わたしは四日間を彼ら皆と過ごしました。この間に一度、フランス軍の兵士たちが移動して、それほど遠くないところにやって来たことがあります。わたしたちはもっとずっと高いところに待避壕を変えましたが、夜になると、前の避難所に戻って来ることができました。

また別の日、母は、弟を連れて来ることができなかったとわたしを責めました。わたしはその理由を詳しく説明しました――男の子たちは、界隈の路地で弟の姿が見えないことに気づくだろう、と。母は悲しみました。

「そういうことなら、わたし自身の子どもたちににらみがきくのは今では、他人なのね!」と母は嘆きました。

わたしは母を恨みはしませんでした。そのあと二度とわたしたちに会うことができないような、漠とした予感に苦しめられていたのだと、後になって思いました。

「おまえが山を降りるとき」と母は三日目にわたしに言いました、「ラッラ・ルビアへの伝言を頼みますよ」

彼女は、次の土曜日、女活動家たち全員の集会を準備することになっていました。

「彼女たちが募ることのできたすべてを寄せ集めるように」――母はため息をつきました。「最近、キニーネがとても必要になっているのよ。忘れてはいけませんよ」と母は命じました。

わたしは不意に抗議しました――

「母さんはもう、まるでわたしたちが別れるように話している！　わたしはまだここにいるのに」――それが、自分でもわからないままにわたしが泣きじゃくった、ただ一度のことだったと思います。

わたしを抱きしめながら、ズリハは悲しそうに言いました――

「マキの生活が気に入り始めているのね！」

母は優しく笑いました。

同じ日、母はわたしに、ラッラ・ルビアの家での集会の後でここの仲間はすべて、そこから三日間の行軍で東の山岳地帯へ移動することになっていると説明してくれました。

「わたしは一度そこへ行ったことがあるのよ――わたしたちは重要な野戦医務室を設営した。それは、十分に守られて、任務を果たすだろうと期待しているのよ。ねえ、おまえ」少しして、母は付け加えました、「ここからときどき、とても明るい夜には、遠くにセザレーの街のあかりが見えることがあるのよ……だからわたしは毎晩、おまえたちの夢を見ることができる。わたしが忘れることのない部屋で寝ているわたしの二人の子どもたちを思い浮かべる。実際、たとえわたしが眠っていても、それはまるで都市——そしてその中心にいるおまえたち——がここまでやって来てわたしの足許で眠っているようよ！」

翌日の朝、水曜日でした、母の方が早く目を覚まし、それからわたしが起きると、母がわたしに言うのが聞こえました——

「案内人はおまえを降ろす準備ができている。今日は四日目よ。忘れたの？」

そのとき、わたしはまさしく十二歳でした、つまり、自分を抑え切れませんでした、何人かのゲリラ隊員が見ている前でしたが。わたしは洞窟を出て泣きました、わたしは反抗しました——

「あなたがた皆が自由でいるのに、わたしは家に閉じ込められたままになるために戻りたくない！」そして、わたしは自制することを忘れて、泣きじゃくりながら、地団駄を踏みました——

「母さんと一緒にいたい！　母さんと一緒に、森に行きたい、野山で暮らしたい！」

わたしは言いたい放題でした——悲しみがわたしを突き動かしたのです、まるで引き止められるという期待を抱き続けているかのように。ズリハは何も言わずにわたしをじっと見つめ、弟の世話をする義務をわたしに思い出させさえしませんでした。母は悲しそうで、そして時々、面白がってもいました。わたしはたった一人で気持ちを鎮めなければなりませんでした——ゲリラ隊員たちは遠ざかっていました。わたしはゆっくりと理性を取り戻しました。

「もしわたしの弟でなかったら……」と、しゃくり上げながら、同じことを繰り返して言いました。とうとう母がわたしを抱き、揺すってあやし、慰め、そして毅然としてもう一度命じたのです——

「おまえはもう大人よ！　ラッラ・ルビアへの伝言を忘れないようにね！　そうすれば、土曜日に会えるからね」

光に満ちた林間の空き地にいるのはわたしたちだけでした、二人だけでした——わたしをなだめようと、母のもっとも美しい思い出の一つを語ってくれたのはそのときだったと思います——やはりこの地からの出発を見越して、その前の週、行われた農婦たちの宴の思い出を。母は語りました、宴や母の喜びを語りました、そうして、母は未来への希望に触れました——〈わたしの未来〉と母は言い、〈わたしたちの未来〉とわたしは答えました、すると、今度は母が訂正しました——

「もちろん、国全体の未来！」と。

母は土曜日、山を降りてセザレーの街に戻って来ました。それは母が予定していた通りでした。母はわたしを迎えに行かせ、わたしは母に再会しました、けれども多くの女たちがひしめいていたラッラ・ルビアのパティオで、あまりにも短すぎる時間でした、母は、最後にもう一度、老女に変装していました……わたしは大かごの点検に居合わせました。母の前を歩くことになっている案内人に大かごを手渡したのは、今度は、ラッラ・ルビアの息子のアリでした。

母は街を出ました。わたしは家に戻りました。けれども、次の火曜日、朝かなり早く、わたしたちの住む界隈にニュースが伝えられたのです――「彼女が捕らえられた、ズリハが！」わたしはそれを信じませんでした。しばしば、多くの誤った知らせが流れていたからです――時には、わたしたちにとってそれは好都合なことでした。

ところで、その日の終わりに、わたしの父の父がわたしたちの家にやって来て、重々しく告げたのです――

「おまえの母さんが森の中で捕らえられた！」

そして、母と同じように連れ出され、鎖で繋がれた四人の男たちの名を付け加えました、その中に、父の従兄弟のウダイがいました。母と同じように、そのあとで、二度と彼らの姿を見ることはありませんでした。

二人の女友だちは無言で車に戻る。暑さはしのぎやすくなっていた。

「あと一時間の道のりで、あなたを無事に送り届けられます！」と再びハンドルを握るミナが簡単に伝える。

第12章　墓のないズリハの最後のモノローグ……

　長時間に及んだ拷問と虐待については、わたしを包み込んでいた暗闇のことだけをおまえに話そう。おそらくわたしはテントの中に、おそらく田舎の小屋に寝かされていた――取調べを受ける容疑者や逮捕者たちの途方もなく大きい収容所は離れているとは思えなかった。彼らは互いにけんかをし、わたしは横たわっていた――彼らの一人が――その声に聞き覚えはなかった――わたしの拘留は「違法」で、収容所（わたしはその名を覚えていない）に移されるべきだ！　と二度繰り返して叫んだ（二度目は声を潜めて、おそらくその間、わたしは意識を失っていたのだ）。

　彼らはさらに難癖をつけ続けたにちがいなかった、冷静な声の喧騒、一人だけが強情そうに思われ、低く、むしろ情熱的な口調を変えることなく、言葉を区切りながらはっきり話す。けれども、すべてが混ざり合って、わたしの腿（もも）に沿った痛みだけがわたしを責めさいなみ、わたしに激しい苦痛を与え、耳まで上って来た、それは混ざり合った、吐き気を催させるようなにおいを放つ〈大地全体〉の湿った地面を感じ取る奇妙な苦味のようだ、とわたしはぼんやりと考えていた――同時に、地面が傾いて巨大な斜面となり、寒々とした青色の虚無と、紡毛のかせのようにゆっくりと重なり合い、もつれる波となって広がる静寂の宇宙か何かの中にわたしを引きずり込むように思われた……

わたしを虐待する男たちの声はもう聞こえなかった、わたしのあえぎさえもう感じ取れなかった……もしそれが続くならば、わたしの体に対する拷問は、相次ぐ三人の夫と過ごしたほとんど二十年の愛の夜と同じ効果を持つだろうか？　それとも、こうした混同は冒瀆だろうか？　拷問あるいは快楽がこのように不意に無に帰して、一つの死体――ねっとりした地面に抜け殻のように棄てられた皮膚――、最後の瞬間の記憶がすべてを、拷問あるいは快楽を途方もなくかき混ぜ、わたしの死体が――おそらく、女の体、何度も子どもを産んだ体ゆえに――その傷口、その排出口を開き、体液を流出し始める、そう、死体が蒸発し、崩れ、流れ出る、だが、尽きることはない！　少なくとも、まだ……おそらく死体は暗闇の中に、時を超えて、何らかの変身を探しているのだろうか？

ささやきや、うめき声や、引き裂かれるあえぎや、それぞれの誕生に先立って激しく襲ってくる痛みの中でわたしがもうけた四人の子どもたちのことを考える――とりわけ、おまえ、ミナを思い浮かべる、洞窟で過ごした夜、まだ子どもと言っていいその体はわたしのそばで縮こまって眠った、そのおかげでわたしは、血や膿や尿がわたしの精神を巻き添えにすることなく、わたしの心を汚すことなく、かくも長い拷問の時間を生きることができたのだ。

わたしの可愛い娘、わたしがテント暮らしに移ったことを後になって考えないでほしい――それはありふれたことだった、それは避けられないことだった。おまえの父さんは胸に機銃掃射を浴び、唇に微笑みを浮かべて死んだ――父さんはけがれを知らない人だった、砲火が最後の閃光を発するまで彼を守った。闘いながら死ぬというこの幸運にわたしが恵まれなかったとすれば、それはきっとわたしの体が彼らを怖がらせたからだ。彼らが執拗に攻撃するのは、彼らが砕こうとするのは、当然だ！……

彼らが倦むことなく尋問した事項さえわたしには思い出せない。マキで過ごした胸躍る時間――再び見出した自由をもはや失わぬための、それに夢中になるための時間――の確かに半年前、わたしたち、そう、若者たちとわたし自身は尋問、返答、言葉による執拗な攻撃、偽りの自供を引き出すための陰険な術策のすべてが、実際に演じられることを知っているべきだったのだ。死刑執行人たちにとってと同様、おそらく、犠牲者たちにとっても、正当化されない〈演技〉（しばしば犠牲者たちの何人かは不意にくじけ、突然降伏する、そして恥ずかしさはずっと後になってやって来る……)

というのも、武器がひとたび手から落ち、罠が捕虜の女を動かなくすると、初め敢然と立ち向かったことは混乱に変わるだけだから……この筋書はわたしにはあてはまらない、断じて!


彼らがわたしを苦しめ始めるとすぐに――テントの中か小屋の中か、ヘリコプターから降りるとき目が見えなかったからわたしにはわからない、わたしは確かに、生来の妥協しない性向から断固として、そう、まぶたを閉じていた。彼らがわたしに初めて――無用な、効果のない言葉――尋問するとすぐに、わたしは儀式の必要性を知った――彼らはすでに発電装置のコードを設置し、浴槽のために水の入った容器を持って来、陳腐なきしみを立てながらナイフを研いだ、こうしたすべてが、よく考えてみれば、わたしの体を計測するためだった。

たくましい筋肉と今では日焼けした肌のこの重い塊、四度の出産をしたこの性器、要するにこの像、彼らはそれを触診し、そこに秘密のバネを突き刺そうと努め、なぜこの像が単純な人体であるのが明らかにならないのか、わたしの手首とくるぶし、むき出しにされ、膨れた胸の上の縄がわたしを痛めつけているかを像の上で確かめようとした、彼らがその上に唾をはき、〈雌ライオンのたてがみ〉とあざけって呼ぶ、ほどけたわたしの髪、この肉の一片一片に彼らは二人で、三人で、怒りと冷酷な決意を持って、激しく襲いかかった、その間ずっと、わたしの声が途切れることのない、長く、方向の定まらぬ流れとなって彼らにつきまとっていた。

わたしから漏れ出、絆も根もないようにただ一つで、呻き、ただ一度だけわめいたわたしの声――次の瞬間、すぐそばにあるざらざらして湿った縄をうまく噛むことができたのを覚えている。かすかに震えている、だが、同時に、非常に強く聞こえるわたしの声、まるでこだまがこめかみの近く、伏せたまぶたの下に、その強打を送り返しているかのように……アラビア語でも、ベルベル語でも、フランス語でも、どんな言葉も発することのないわたしの声。おそらく、「おお、神よ、おお、いとしい預言者よ」、あるいは、こうした慣れ親しんだ言葉のぼんやりした写し――それから、電気ショックを与えられたわたしの膣が底なしの井戸のように完全によじれていた間、わたしは少しずつ、ゆっくりと数珠を繰るように、おまえたちの名を一つ一つ、行方不明になったエル・ハビブの名も含めて、おまえの優しい名を一番あとに、絶えず抑揚をつけて繰り出していた……かつて快楽のこの洞で、おまえの名が絹糸のように無限にわたしの奥深くまで巻きつき、わたしの耳をつんざき、そしてわたしの心を和ませるために……「おお、神よ、おお、優しき預言者よ！」、そして父祖伝来のアラビア語が、この航海における優しい水がわたしに戻って来た。

長い時間のあとでわたしは外に、光の中に出された。夜明けだった、それは確かだ。どういうふうにだかわからないが、わたしの体は再び服を着せられていた――森の外に引っ張られて行くときにわたしが着ていた、農民の粗末な布の同じ長衣を。「死体だ」と、そのあとで街の人々が言った――おまえの父さんの村の中心にさらされた死体（そのあとで、彼らは次々に石を投げて壊すだろう死体……）

これからおまえに話すのは、おお、わたしの可愛い娘のミナ、この夜明けからのことだ。わたしが外でその姿を探すおまえ、わたしが向こうでその声、存在、動き、仕事を見抜こうとするおまえ、そして、おまえの休息の夜までも……わたしの死体を――ほかの者たちすべて、これら同じ場所の男たちすべて、今度は彼らが怖がり始めなかっただろうか、だれを……とりわけ、わたしを、そして、彼らが〈わたしの英雄的行動〉と呼んだものを、より正確に言えば、わたしの腕や胸や、変わらずまっすぐな頭や、もはや、もじゃもじゃになってしまったわたしの髪を――雌ライオンの赤茶色のたてがみを彼らは、わざと埃の中を引きずった、多彩な配色のスカーフを彼らはわたしの額や耳の上に置かなかった、穴があき、染みのついた褐色の服がわたしの腰や背中だけを包んでいた、むき出しの足、光輪となり、最初の光の抱擁を受ける中心となっているかぶり物のないもつれた髪の頭。

まるでわたしを引きずって、さまようジャッカルに、いや、その前に、取り囲んだままじっと動かずにいる無力な農夫たちの怯えた目にさらすように、まるで片方のひざを横に折り曲げられ、打ち倒された女の体に皮肉を言うかのように。脚、ふくらはぎの半ば開かれた動作はまさしくみだらな姿勢を連想させ――この四つ裂きの刑、生きた絵のこの誇張された光景は――不安に襲われる中、わたしはおまえに話しかける――死刑執行人たちと犠牲者たちを、あるいは目撃者たちをさえ、奇妙に結びつけていた……

「われわれはおまえたちに悪を指し示す！　われわれはおまえたちに目を大きく開き、大いに楽しむことを求める！　おまえたちのために、おまえたちの未来の安寧のために、あとに続く世代の眠りのために……」

イスラム教の、マラブー〔イスラム教の聖者、修道士〕の信仰運動の、あるいは、ほかの何かわからぬものの礼節あるいは伝統の名において、男性のこの巧妙さをわたしは容易に思い浮かべる、確かに重苦しい伝統――村の入植者たちや、モスクの信者たち、ムーア式カフェのドミノの勝負の常連たちが集う〈カフェ・デュ・コメルス〉で交わされる『もしあなた方の奥さんや娘さんたちが役割を取り違えたら、われわれはどこへ向かうのでしょうな！』のような言葉、あるいは、倒されたわたしの体を辱めるために、おあつらえ向きに月並みな言葉を言いたげな様子の共犯者たちの間の警戒！

ああ、おまえ、その間に女になったミナ、それはまるで、公衆の前でのこの最後のさらし刑（十字架のないこの磔刑、と言うところだった！）のためにわたしは村の中心から何十年の間、動かなかったかのように——一晩中、来る夜も来る夜も。それはまるで、わたしが同じ場所（おまえの姉のハニアが、停戦の翌日、変わることのない太陽のもとで、それから、眠れぬ夜の回廊でむなしく探した場所）で朽ち果てたかのように！……

わたしはそこに、かれらの言葉では、わたしの死がさらされた場所に根を生やした、おまえに話し始めるために、二十年後におまえを待つために、わたしについておまえに尋ねるために、もちろん——恐怖がまだわたしを責めさいなみ、わたしを苦しめ、この死体を打ち壊し、溶かし、南の風に舞う無数の埃にしてしまうほどにわたしを衰弱させているのだろうか？ それとも、それは今後、おまえに、ひどくか弱いおまえの体に、おまえの青春の顔に、おまえの未来に向けられる恐怖ではないだろうか？

おまえに対する不安、おまえの運命へのわたしの引っ込み思案な関心、わたしの満たされることのない渇望につきまとわれているかぎり、どうすればわたしは、平静を取り戻した死者たちの王国にたどり着くことができるだろう、強い香りを発散する前に倒れるかもしれないジャスミンの茎であるおまえ……

わたしの死体は休息するのだろうか？ 打ちのめされたと思われる女たちの体は、こうしてその眠りを闇の向こうにまで広げ、偉大な〈渡し守〉の舟の上で互いを待ち望んで、衝動的に忘却と目くるめく陶酔をつかむ！ まるでおまえを出産したわたしの腹がおまえの輝かしい肉体の成り行きを知ることを待っているかのように、まるで今度はおまえの肉体がみずからの平安を手にするために出産すべきではないかのように、おまえの肉体がほかの頼りになるものを、別の成熟を見つけるかのように！……

続く日々のことは、おまえは思い浮かべることができる——それは七月の初めだった——シロッコ〔サハラ砂漠から地中海一帯に吹きつける乾燥した熱風〕が南アフリカの深部から浸食された傾斜地の方に上って来、ほとんど目に見えない通路を通って、密集し、それまで涼しかった街に襲いかかる……二日間、空に向いたわたしの毛穴の一つ一つが、無限の天空の杯を満たして注がれる光や……刻々と変わるその色合いや、知覚できないほどの薄い色を見つめるとき、牧羊犬が吠えるのをやめ、静寂が動かぬふたのように点在する農場に重くのしかかる、待つことの静寂、劇場の静寂、天空にかすかな澄んだ震えを伝える真昼に暴かれた悲劇の静寂……わたしの死体は地面で堅くなり、これからはおまえに伝わる激しさの中に安住した。

まるで、わたしには、夜はもはやけっして訪れないかのように——時間、空間、腐敗することや散り散りになることを拒むわたしの死体のまわりの曲線、すべては白い光でしかなかった——真昼の目をくらませるほどの白（もっとも、わたしは、初めから目を閉じている！）。

「かろうじて子どもたち、二人の男の子と一人の女の子が次の日の夜明けに——いつだったか言えないが——かすかに光が漏れる暗がりをいいことに危険なほど近づいた。女の子が小さな声で、怖がらずにさわやかな無邪気さで話すのが聞こえた、その無邪気さにわたしは植物性のもの（皮をむくいちじく、飲む乳清、おまえの歯がつぶす白ブドウの果肉）が食べたいような空腹感を覚えた。女の子は呼んだ——

「見てよ！　この女（ひと）の顔を……眠っている。いいにおいがするわ！」

男の子の一人がささやき、少女を引き寄せた、女の子は、痛みか怒りの擬音語を一つ、二つ発して反対した。子どもたちは、今度は、ひざをついて滑るようにして戻って来て、わたしに触れずにわたしの周りを一、二度、回った。

「わたし、この女（ひと）の髪をなでるわ」と女の子が提案した。

「だめ、だめだよ」と二人目の男の子が言い返した、その怯えた小声がわたしの耳介に残った。

子どもたちは消え去った。太陽がわたしの額を激しく叩いた。しばらくして、ジープが近づき、ブレーキをかけた。軍靴の音、命令やののしりの言葉。再び、広大な柔らかいラシャのように動きの止まった静寂——二日目、わたしの体は開き始める。肉の内部の一種のつぶやきが、過ぎ去った春のにおいとどのように混ざりあうべきか探る。

二度目の薄暮に、近隣の農場——葦の生垣の向こうの丘陵にある農場——から聞こえて来る見知らぬ女の声が哀歌を歌う。続く夜の間じゅう、止むことはないとわたしには思われる——子守歌はわたしの灯台となり、その声はわたしがもはや薄明かりに傷つかないことを、わたしの体は神の光の中にあることを知っているにちがいない、そして、わたしの声はおまえを待っている、おお、ミナ！

見知らぬ女が拍子をはっきりつけて歌う哀歌は死者たちの歌には思われない、そうではない——歓迎を告げる女たちの軽やかで、激しく揺れ、ときにほとんど甲高い哀歌——乳飲み子たちに、その包皮がまさに切られようとしている少年たちに、あるいは、花嫁たち、不安げな処女たちの初夜に。

震える希望、漠とした期待の子守歌、ベールで隠された涙はその響きが衰えるときに初めて感じ取られる。まるで、取り囲まれたその小屋の中で、わたしを祝うべきなのか、それとも、悼むべきか、もはやわからない見知らぬ女のこの歌い手がわたしをゆっくりとくるみ、その震えに包まれるわたしの死体に敬意を表し、確かに、この名の知れぬ女が、妹よ、かくも透き通ったその声を放つことで、今後は、生者たちの間でわたしに代わる決意をおそらくしたかのように——わたしの代わりに、おまえのこれからの魅力、近い日々の魅惑、おまえを待っている暗雲の付添人となる。もはや存在せず、おまえに話しかけることができないだろうわたしの代わりに。

女はだからわたしのために歌う、見知らぬ農婦は。女はおまえに歌う。おまえに告げる。女は青空の中のわたしにおまえを織り上げる。

彼らはわたしの〈遺体〉と言う——独立が訪れれば、おそらく、わたしの〈像〉と言うだろう、まるで、どれでもいいから女の体の像を建てるかのように、まるで、ただ単に平らな水平線に逆らって外にそれを建てるためであるかのように、何世紀にもおよぶ猿轡（さるぐつわ）をかまされた沈黙は要らなかった、わたしたち、女には。いずれにしても、ここでは。

三日目の夜、人々の言うところでは、わたしの死体が消えた。その時、拒絶されたのは平安だったのか、その瞬間に始まったのは闘いだったのか？　おまえにとって、あるいは、おまえとわたしと、夜の間じゅう、歌い、それから、次の日は痛みで頭ががんがんするので子どもたちや夫や、年老いて耄碌した姑の世話をしないで、一日中、眠った見知らぬ女にとって。

勇敢な泥棒になってわたしを探しに来たのは洞窟の若者たちの一人だった。彼はわたしを背負った。わたしは重い、そして、テントで受けた虐待の痛みのせいではなく、むしろ、長時間、陽に当たったことがわたしの頭をがんがんさせ、わたしを充実させ、肉厚の植物にしていたから、いっそう重かった。

彼がわたしの体中を触ったとき、その手のひらからわたしには彼がだれだかわかった。おまえは彼を知っている……今、わたしは話さなければならない——わたしは〈おまえに〉話さなければばならない。思い出しておくれ、一か月前、わたしは使者を送らせた――「わたしは子どもたちに会いたい」、と彼に言った――「せめて、幼い子どもたちに。わたしの許に何日か、何夜か、連れて来ることができれば……マキに！」

使者は、一週間後、もう一度、山を降りた。おまえが、弟には難しいだろう、弟がいつものように遊んでいるのを近所の子どもたちが目にしなくなれば、隣人たちが尋ね合うだろう、と言ったからだ。そこでわたしは――「おまえ一人でここにおいで、おまえの姉さんの家で一週間を過ごしに行くと言うように！」とおまえに告げさせた、わたしは力尽きて、繰り返した――「家に帰りたい！」と。

翌々日、わたしがおまえを迎えたとき、おまえは笑っていた、わたしが覚えていたよりもっと幼く、もっときゃしゃだった。だから、おまえはわたしの腕の中で縮こまっていた、おまえはいたずらっ子のようにぷっと吹き出した。そしてわたしは、おまえが息ができないほどおまえを抱き締めた――「ああ、わたしの可愛いジャンヌ・ダルク！」とわたしはフランス語で叫んだ、わたしたちを見つめていた若者たちの前で。

「若者たち」、そんなふうにわたしはいつも、わたしの地区のゲリラ隊員を呼んでいた。いい加減にではない――彼らは皆、若かった――四人はやっと十八歳になったところだった、そのほかはほぼ二十歳だった。何人かは、大学生たちが突入したストライキの後、五六年の夏にマキに登った学生グループの生き残りだった。加えて、もう半分は、ほとんど皆、その直後にわたしたちの野戦医務室で治療を受け、けがから回復していた若い農夫たちだった。これら病み上がりの中にその若者はいた、まさに。

わたしの言葉で皆を「息子たち」と呼んでいたために、おまえが訪ねてくれたほんの少し前の、ある光景を思い出す。監督の任にあった五〇代の幹部の一人がわたしや彼らの前で皮肉を言った

——

「結局のところ、この待避壕では彼らは皆、あんたの息子だ！　俺でさえ、もし俺がここに来れば……」

「彼らは皆、わたしを『ぼくの母さん』と呼んでいます、そうするよう求めたのはわたしではありません」

それどころか、わたしは言うこともできただろう。彼らはわたしを重くし、わたしを実際より年上に見ていた、というのも、わたしはこの十五人の力強く、すらりとした男たちのリーダーだったからだ、彼らの中の二、三人は美男で、品があり、筋骨たくましかった——だれもがわたしの前では慎みから頭を下げ、時には、わたしの手の甲に、それから裏返して手のひらに接吻さえした。散り散りになった彼らの寡黙な祖母や母親たちを待ち望み、記憶の中にしっかりと根を下ろさせるための敬愛のこのしぐさ。

だから、彼らはわたしを引き入れた。わたしは何も言わなかった。わたしは加わらなかった。わたしは一度として、いわゆる家族的なこの種の慣習に注意したことはなかった。ただ、わたしがおまえに話している今、部落でさらされた後で、わたしの死体はおまえに向けた数多くの問いかけでいっぱいになり、わたしは考える——『洞窟でのあの日々、なぜ？』

おまえはその若者と知り合った、彼はそのあとでわたしを運びに来た。体を二つに曲げ、半ば折り曲げて、森の中を、夜の中をうめきながら、背負ったわたしの体が肩を覆い、脇腹からはみ出した——わたしはこの瞬間をおまえに語る、わたしを運ぶ男のこの体をおまえのために描く。彼はわたしを埋葬する場所を一晩中、探した。彼はこの長時間におよぶ力仕事の間、歯を食いしばり、息を切らせていた——子としての敬意のため息。

彼らがいつの日か、わたしのために用意するだろう美化された伝記はこの若者を探し、彼のために皆の名において感謝の栄冠を編むことができるだろう——結局のところ、まだだ！　というのも、ある日、わたしの行動を抑え、わたしを窒息させ、もちろん意に反してわたしを裏切った男が確かにいるとすれば、それはむしろこの若者だった！　おまえは彼を知っている、そうだね。おまえがわたしたち皆と一緒に五夜を待避壕で過ごしたとき、わたしが腕で抱いていたおまえ、震えていたおまえ、自分に取りついているのは湿気ではなく、高ぶった愛だとわたしに言っていたおまえ、おまえはこのパルチザンを知っている……おまえは彼のことをおそらく忘れてしまっただろう。

彼だけが、自分の意に反して、そしてほかの者たちの反対を押し切って、わたしを閉じ込め、わたしに鉛の封印をすることができた。彼はわたしを埋めた。それが彼の愛の形だった。本能的に敵がわたしの感情や筋肉にもっともふさわしいことを見抜いていたのに、そう、女たちのユーユーがわたしを貫く中、野外で腐敗することを。彼はわたしを埋葬した！　慣習どおりに……彼はイスラム教にのっとってわたしに敬意を表した！

正直なところ、二十年を経てわたしはまだそのことに苦しんでいる――彼は確かに一時間たっぷり、力仕事にうめき声をあげながらわたしを背負った、そして、それは愛ゆえだった！　彼が望んだ子としての愛、だが、あいまいで、台風の目をもった愛が彼を怯えさせていたと、わたしは思う。

彼はわたしを埋葬した、だが、それは毎晩、おまえがわたしの腕のかごの中で過ごした夜、彼に取りついて離れなかったあの震えを静めるためだった……洞窟の奥深くで、わたしたち二人だけ、そしてあのすべての息子たち、わたしの若者たち、警備を分担し、入り口にぴったりとくっついていた十二人ばかりの若者たち。

死体を運搬した彼、母たちの埋葬者の彼、わたしはおまえがやって来る少しばかり前に、病気になりうわごとを言う彼を徹夜で看病した。彼が体力を回復し、仲間たちの行軍に合流するにはほぼ一か月が必要だった。主導権を握っていたわたしは、小規模な戦闘がありそうなときには、もうすぐゲリラ隊と一緒に送り出すことを彼に約束していた。わたしは彼が怖いもの知らずなのを感じていた、だが、まだ病人であることを知っていた……

毎晩、半ば夢遊病者で、あるいは、そのふりをして、彼は洞窟の中で起き、手探りでわたしに近づき、虚空の中に盲人の手を伸ばすとき、そして、彼がわたしの手を見つけるか、さもなければ、わたしの素足を探すとき、彼は自分が回復したと想像していた――彼は黙ってそれらに接吻し、しばしば涙で濡らした。わたしは体を硬直させていた。固くなっていた――わたしは敬慕の行為が展開するのを待っていた――彼は静かに、疲れきって、自分の場所に戻ろうとしていた。翌朝、彼の瞳だけが、ほかの者たちより輝いていた――ただ一人、彼はわたしの視線を避けていた。

わたしは彼の動揺がうまく見抜けなかった――わたしは離れていた。とりわけ、おまえがわたしたちの中にいたとき、おまえをわたしの腕で、わたしの胸で包んでいたのは、わたしが長い間、眠らずに過ごしたのは、この暗がりの儀式に備えてでもあった。そんなふうに結びついたわたしたちを彼が手で触れることにわたしは耐えられないだろうとわかっていたから。暗がりに流す涙がこわいからわたしは終夜灯を照らし、彼に平然と立ち向かうか、すぐに彼を目覚めさせるだろうとわかっていたから。

わたしの優しい娘、わたしの可愛い娘、おまえに対するわたしの不安が生じたのはきっとこの意志からだ。わたしは一晩泣いた、おまえは眠りに落ち、わたしのそばで体を動かしていた、わたしは考えていた――「わたしは年を取らない。ところで、この子はわたしの保護がないままに大人の女になるだろう、そして、この大地は、胸を高鳴らせているどんな若い娘にとっても残忍なジャッカルの住む大地！」

ある夜、若者が起き上がり、手探りするのが聞こえた。わたしはすぐに明かりをつけた。奥で若者たちがはっと目を覚まし、一人は武器を振り上げた。

「どうしたのです？」と入り口で警備に当たっていた若者が、入り口の狭い通路に姿をくっきり見せて、尋ねた。

夢遊病者は、目を大きく見開き、憔悴しきった顔で、身動きしていなかった。

「何も」とわたしは言った。「彼が夢遊症の発作を起こしたのよ！」

わたしは見張りが警戒して近づいて来、わたしの娘、目を覚まされて微笑んでいたおまえの方をじっと見たのを覚えている。彼は気がかりな様子で疑わしそうに、口を開こうとしていた。わたしは決断を下した――

「さあ、みんな、眠るのよ！　何でもないのだから」

わたしはろうそくを吹き消した。

それから二週間か二十日後の夜、彼がわたしを丹念に埋葬することを選んだのは、月明かりの下、わたしには見覚えのない林間の空き地だった。仕事が終わり、背中が痛み、彼は自分の心が楽になっていることに気づいた。彼は森の中に消えた、まっすぐな、ますますまっすぐになる影をくっきり見せて。

わたしの可愛い娘、おまえがけっしてやって来ることはないだろう林間の空き地。そんなことはどうでもいい、わたしがおまえを待っているのは村の広場、倦むことなく歌っている見知らぬ女の声、そこで、目を開けて、腐敗していくわたしの死体の中で。

エピローグ

「消え去った海賊たちのねぐら、アルジェから遠く
苦しみに満ちたわたしの都、おお、セザレー！
モザイクに描かれた鳥たちが
わたしの涙の空に漂う」

〈訪問する女〉、〈招かれた女〉、〈よそ者の女〉、時に、〈それほどよそ者ではないよそ者の女〉、これらの言葉は、つまり、どれもわたしを指し示すのだろうか？

一九五六年、一九五七年に、ズリハは真に中心にいた――セザレーでの闘いの中心ばかりでなく、維持すべきネットワークの中心に、山岳地方と――そのパルチザンたちと――政治的に半ば参加してはいるが、身動きがとれず、臆病で、用心深く、だが希望にも満ち、未来がその地震や嵐とともに近づくのを見ている、都市の住民たちとの間に結ぶべき関係の中心に。

ズリハ、四十二歳、マキで三人目の夫を亡くし、幼い二人の子どもたちをエル・クシバの古い

通りの家に残すことを余儀なくされた。ズリハはまだ古代都市の中心に住んでいる。捕らえられ、拷問を受けたあとで、行方不明となった。以前に、人々の前で高揚した言葉を繰り広げたので、いわば飛び去ったようにわたしには思われる……モザイクに描かれた〈鳥の姿をした女〉の彼女は、今日、同郷人の目には半ば消えてしまったようだ！　だが彼女の歌は残っている。

わたしはそのことを語るためにだけ戻って来た。わたしは自分が生まれた街で、彼女の言葉や沈黙を、期待や怒りを伴った作戦の行程……を聞く。わたしは彼女が語るのを聞く、わたしはほとんどユリシーズのような立場にいる！　耳を蠟で塞がなかったが、そのために死の境界を渡る危険を冒すことなく、セイレンたちの歌を聞き、その歌をけっして忘れることのない旅人！　たとえ人々が、彼女をホメロスの偉大な詩のセイレンにたとえると言ったとしても、彼女は微笑むだけで、意に介さないだろう、ズリハは。

わたしの生まれた街で、ほとんどすべての人々は耳を蠟で塞いで暮らしている――持続している昨日の砲火の震えを聞かないために。記憶喪失を選び取り、静かでささやかな生活にいっそうたやすく適応するために。

古代都市、おお、わたしのセザレー！　あの赤褐色の石造りの建造物――二つの水道橋、古代ローマの円形劇場、円形競技場、共同浴場、そして、崩れ落ちた海岸の前方に建てられた導きの灯台まで——、これらの石材だけが記憶している！　たとえこれら（少なくとも、四世紀のあの恐ろしいヌミディア人フィルミン、次いで、一五〇年後のヴァンダル人たちの破壊を初めとして、相次ぐ破壊の後まで残存した石材）が、わずかな観光客が訪れて見つめるだけの博物館に陳列されているにしても。

実際、セザレー——二千年の歴史を持ち、高地のシルタや、再建されたカルタゴとほとんど競うことができるだろう——わたしが、ズリハのパティオのすぐ近くにある、みすぼらしいパティオで這い這いした赤ん坊のときから、よちよち歩きをし、たどたどしく文字を読み、やがて、縄とびをするのが幸せだった少女の日々を過ごした街、セザレー・ド・マウレタニア——かつて、風と嵐の名のイオルと呼ばれた街、後に海賊たちの巣窟や祖国を離れたアンダルシアの人々の避難地となり、それから、フランス植民地の元権力機関を含めて、アルジェの代々の政権から〈流刑にされた人々〉の街——、わたしはそれ以後、完全に反転した空間の中でこの街を、わたしの〈苦しみの都〉を見ている……遺跡が住民たちの頭の中で果てしなく崩壊する一方、石だけがありのままを記憶している。

なぜ、ズリハの人生を——〈情熱〉を——たどった後で、そのことに気づくのか？

離れて暮らしている地から、せいぜい数日間の予定で戻って来たこの街で少女時代を過ごしたわたし、そう、確かに〈それほどよそ者ではないよそ者の女〉のわたしは、ミナやハニアやライオン夫人ばかりか、街の上方にある丘陵でゾフラ・ウダイから多くの話を聞いたので（この二人の婦人の人生にはあとどれほどの時間が残されていることか？）、わたしはやっと戻ってきたのだ。戻ってくる？　一九七五年（「独立から十三年も経って！」とミナが前にわたしをとがめたことがあった）や、漏らされた思い出の数珠を一本の同じ糸で作り直し始めていた――そして、空中に浮かぶ声のオラトリオをわたしはすでに考えていた――一九八一年のときのようにではない、絶対に！　認めなければならない、わたしは生まれた街に戻ってくる……二十年後に。その結果、わたしはミナ（彼女の燃えるような声、心に突き刺さったままの刺（とげ）になった彼女の思い出）の前に姿を見せる勇気さえない――母方のおじに尋ねてみる覚悟さえない（地方で最長老だが、活動的な公証人だと言われている）、その妻に質問する勇気もない――彼女もまた年老いたが、今なお女たちの社会を非常によく知っている――従姉妹たち（すでに大きくなった子どもたちを連れた母になっている）に、「ライオン夫人（ラッラ・ルビア）は今もお元気ですね？」と大きな声で質問さえしない。

わたしにはその勇気がないのだ。ゾフラ・ウダイは、セザレーの街の住民たちのことが話題になれば、癒しがたいペシミズムを相変わらずにじませて、軽蔑するように首を左右に振るやり方を失わずにいるにちがいない。わたしは、今度は彼女が、たぶん、独立戦争で戦死した息子たちの許に行ってしまったと告げられたくない。

わたしは、〈聞き手〉のわたしは、子ども時代の空間を再び見い出す、そして、博物館の中でもっとも奇妙なモザイクをもう一度、ただ凝視しに行くだけのようだ――三人の鳥の姿をした女がダブルフルートと竪琴を手にして、消えようとしている船の上にしばりつけられたユリシーズのためにまだ音楽を奏でているモザイクを。

わたしはこんなに遅れて戻ってくる、そしてやっと物語を展開する決心をする！　この遅れがわたしを混乱させ、不安にさせ、わたしに罪悪感を抱かせる。まるでわたしの出身地が逃れるかのように、だが、何から？　わたし自身の忘却から？

わたしはひどくゆっくりと理解する――わたしが突然、戻ってくることを望んだ――広場のオンブーに見とれ、父や、父のそのまた父や、母や、母のそのまた母が暮らした小さな街で二、三日を過ごし、地中海に突き出すように聳えるダーラ山脈の眺めで目をいっぱいにし、千年を経た灯台が損なわれずにそこに存在し、アラビア人たちの古い界隈の中心にあるローマ時代の円形劇場が、石と歴史の変わらぬこの背景の中で荒れた遺跡となって残っていることを確かめることを望んだゆえに、わたしは、この地で壮年の男性や無為の若者たちがどれほど自尊心をなくしているかを、そして、おそらく彼らを忘れなければならないことを読み取り始める。

彼らはそこにいつまでもいる、影はほとんど動かない――彼らには豊かにすぎる荘厳さを備えたこの都市、教養豊かな君主たちにより君主たちのために作られたこの都市に彼らは出没する——確かにわたしは、彼らがどんな失われた歌も聞くことのない影となって漂うのを見る……何一つ、狂人たちの、絶望した人々の、あるいは、突き出しているあの山々に、今日、しがみついている熱狂した人々の声さえも。街の通りや広場で退屈しているもの静かな住人たちは多くの激しい感情の高まりを前にしてたじろぐ。

わたしが、ズリハの言葉や、声や、空中に漂っているその存在を中軸に、つい先頃の物語をよみがえらせようと、二十年後に、遅すぎる二十年後に、戻ってくることを願った以上、彼らは一体何を演じるのだろうか、突然、出現して威嚇する、これら乱暴者たちは？　殺し、暴行し、破壊する彼ら、この上なく遠い過去から生き返り、激怒する新たなフィルミンやヴァンダル人たち！

だが、街に暮らすほかの人々、ほとんどすべてのほかの人々は？　家庭での男や女たち、周りの子どもたち。セザレーの、アルジェの、それから、もっと狭い街々の通りを歩き、どこへともわからずに、活気なく、うろたえて、運ばれるままになる——テレビの前にぐったり座り込む人々、彼らの言うところでは、立派なホテルや、別荘兼トーチカや、醜悪な豪華ホテル（今やつましい街、セザレーではなく、よそで、首都で）のナイトクラブに群がる人々、金持ちの息子やほかの人々、実際、わたしの街の普通の人々は？

彼らは何ひとつ、あるいはほとんど何も起きなかったことを認める……少なくとも、ここ十年間、新たな人的損失がなかったことを。それでも、遠い過去ではなく、この前の春、新たな怒りの火に変わってそれは続いた。

幸いにも、この雑然とした群衆の中に眠らずにいる者たちがいる——彼らの周りで数多くの罪のない人々が行方不明になる、時に墓もないままに。ハニアが森の中でその墓を探したズリハにならって、闇や混乱や激しい恐怖の中に消えた多くの犠牲者たち。

アルジェで群衆は、セザレーでとほとんど同じように、時間という生気のない河に押し流されている。群衆はおまえに（おまえはまさに戻ってきて、その間に亡くなった父親の葬列についていこうとしているからだ、そうではないか？）はっきりと言う——われわれのように忘れるがいい！……ふりをするのさ。ほかの多くの民族と同じく、今や、われわれには恥辱がある、額に押された烙印が、顔面にけがれがある！……——要するに、サン＝バルテルミーの夜〔一五七二年八月二四日、パリで起きたプロテスタントの大量虐殺〕なり、もっと近いところでは、パリ・コミューンに対する一八七一年五月の〈血の週間〉を経験した国にならって、騒乱や激動を避けることができなかったほかの多くの国と同じく、われわれは凡庸なのだ（パリ、まさしく、そこにおまえは住むことを選んだ）——スペイン、つい先ごろのアンダルシアを手始めに、近隣諸国の内乱を列挙すれば、切りがないだろう！……

わたしたちが、今度は、そして恒久的に、拷問者たちや容赦のない監視人たちを、反抗的な若者たち目がけて実弾を撃つ憲兵たちを、要するに、知っての通り、わずか四、五世紀前に〈アルジェの浴場〉と呼ばれていたアルジェの流刑地を維持しているのだ！　こうしたものが、いっそう血なまぐさく、近代化されて、戻ってきた。

　放蕩娘の帰宅については……ズリハとの出会い、ズリハはおまえと彼女の二人の娘たちのためにだけまだ生きている、……向こうでは、どの都市でも——小さい都市であろうと、そうでなかろうと、古い都市であろうと、そうでなかろうと——新しいズリハたちが出現している。不安と期待、大胆さと、ああ、闇の中での野蛮な罪が混じり合ったどの場所でも、悲劇的事件の主要人物が一晩だけ、あるいは、一年を通じて、一瞬のうちにわたしたちの人気（ひとけ）のない空間を照らす。

　さしあたり、おまえは歩き回り、なぜ、おまえの物語が……二十年前に、確かに、未完のままで漂ったのかその理由を探す。すでにひどく遅かったのに。

　わたしの文章は、こんなに長い間、延期され、つなぎ合わされて、聞き取ったこれだけの言葉とともに、わたしの指から滑り落ちた。そして、わたしは、磨きのかかった三人の女の歌をなんとしてでも聴こうとしたギリシアの英雄のことを考える。彼、ただ一人で。彼はそのために、船のマストに自分を縛りつけさせた。遠ざかる船の。

　わたしは遠ざからない——わたしはしばりつけられることを求めなかった。断じて！　ズリハの面影は、確かに、モザイクからほとんど消えた。だが、生き生きした息づかいのその声は消えることはない——それは魔術ではない、遺跡の外へ運び出されたり、そこに埋められている女神像の大理石と同じように混じりけのない輝きをもった赤裸々の真実。

それで、おまえは？

セザレーの頂きまで続く道をよじ登るために、わたしは、いつ、本当に帰るのだろうか？　そこでは、無数の闇の層の下でわたしの父が眠っている、目を開けて。

一九八一年六月、パリ

二〇〇一年九月、ニューヨーク

訳者あとがき

持田明子

本書は、今日、フランス語を表現言語とした、マグレブを代表する作家アシア・ジェバールの『墓のない女』(Assia Djebar, *La femme sans sépulture*, Albin Michel, 2002)を訳出したものである。

〈アルジェリアがフランスからの独立を求めて戦った時代に、古代ローマの遺跡が残る古都セザレーのヒロインだったズリハの生涯と死〉の物語が、深い象徴性を帯びたエクリチュールと独創性の際立つポリフォニックな作品構成で語られる。

アルジェリア戦争について

〈一八三〇年六月、フランス軍、アルジェに上陸。七月、アルジェ占領〉に端を発したアルジェリア征服戦争は、一八四七年、アブド・アルカーディルの降伏、翌四八年、フランスが憲法によりアルジェリアをフランス領の一部と宣言し、アルジェリアに三県(アルジェ、オラン、コンスタンティーヌ）を設置して終結し、その後、百余年におよぶ植民地時代が始まった。

一九五三年、ラオス、カンボジアが相ついでフランスから独立し、翌五四年五月、ヴェトナム北部のディエンビエンフーでフランス軍は決定的敗北を喫し、インドシナ半島からの撤退を余儀なくされた。その影響が波及し、同年一一月、ＦＬＮ（アルジェリア民族解放戦線）が蜂起、アルジェリア独立戦争が勃発した。

五六年、活発化するＦＬＮのゲリラ活動に対し、フランス政府は大量派兵による強硬手段をとり、翌五七年、凄惨な「アルジェの戦い」に発展……

アルジェリアが独立を果たすのは、五年後の六二年七月のことである。

本書について

物語の語り手は映像作家である。〈よそ者〉、〈見知らぬ女〉、〈招かれた女〉とも呼ばれる〈わたし〉は、一九七六年春、テレビ用の、とあるドキュメンタリーを仕上げるためにアシスタントたちを伴って、自分の生まれた街シェルシェル——はるかな昔、マウレタニア王国の首都であったセザレーに戻ってくる、そして、この地に暮らしたズリハの情熱と悲劇的な物語を知る。

ズリハの生涯の真実を照らし出すために、語り手は、ズリハの周りにいた女たちから聴き取りを行い、いくつもの声を集める。娘や親戚や友人たちなどの年齢も社会階層も異なる女たち。これらの声の〈ポリフォニー〉が、女たちの涙やため息や沈黙や……身ぶりとともに、ズリハの突然、断ち切られた生涯を再現する。

　多くは口語アラビア語やベルベル語で、ときにフランス語の短い文がまぎれこんで語られる、女たちの遠い日々の記憶や想いや激しい心の動きを、〈わたし〉はフランス語に移し替える、そう、文学に。

　……富裕で開明的な農夫シャイーブの娘で、フランスの初等教育修了証書を手にしたこの地方で最初のアラブの少女……ヴェールをかぶらず、肌をあらわにし、太陽に身をさらして街を闊歩する強固な性格……情愛深い母として、恋する女として、友として、かくも潑剌と生きてきたズリハが、一九五七年の春、二人の幼い子を長女ハニアに託して、マキに登った。アルジェリア独立のための地下運動に身を投じた三人目の夫の死後、その遺志を継いで、幼な子たちを残しての決断だった。街に暮らす女たちのネットワークを作り、彼女たちが集めた資金や武器や薬品を、貧しい農婦に変装してマキに運ぶ任務にあたり、四〇人を超す若いゲリラ隊員から〈母〉と遇されたズリハ。それから二年後、フランス軍に捕らえられた……その後、二度と生きているズリハの姿を見た者はいない。遺体もなく墓もないズリハ。

　女たちの語りから復元されるズリハの生涯の物語に、アシア・ジェバールはズリハ自身の四つのモノローグを挿入し、入念にその仕上げをする。作家は、ズリハを夫や子どもたちとともに幸せにみちた日々を過ごしたセザレーの空中にただよわせながら、古い界隈の小さな家で母の帰りを待っている末娘に向かって語りかけさせる——〈変装した偽ヨーロッパ人〉とうわさされた少女時代の思い出、数度の結婚、メッカ巡礼の長い旅から帰国した三人目の夫との優しさに包まれた語らい、街の女たちとの別れの宴でアラブの風習に則って執り行われたズリハと〈天国〉の結婚式、フランス軍による執拗な尋問と容赦ない電気拷問、そして、自らの死のとき……を。

この作品には、〈アルジェリア戦争の時代〉をはるかに超える悠久のときが流れる。〈わたし〉が、ズリハの娘とともに訪ねる、セザレーのエジプト人女王クレオパトラの娘であり、ヌミディア王ユバ二世の妃であったクレオパトラ・セレネの墓は、まさしくこの時空に連綿と続く女たちの生を想起させる。

さらに、〈わたし〉は、見学者もまばらな街の博物館で、ギリシア・ローマ神話が語る〈オデュッセウスとセイレン〉を主題にした、二千年近くも前のモザイク壁画に心を奪われる。そこに描かれた鳥の姿をした三人のセイレンたち。今にも飛び立とうとしている鳥に、いまもこの地に溢れている、陽光に包まれたズリハの飛翔が重ねられる。

「今日のわたしたちと同じ女なのかい、モザイクに描かれたその鳥たちは?」と、ズリハの心の友、かつてトランプで未来を占うことを生業(なりわい)としていたラッラ・ルビアは尋ねるともなくつぶやく。

アルジェリアの歴史がこれまで言及することのなかった女たち、家父長制社会のイスラムの伝統的価値観のなかで、いわば婦人部屋に隔離され、沈黙を強いられ——作家は、〈何世紀にもおよぶ猿轡（さるぐつわ）をかまされた沈黙〉と言う――、言葉のもつ力を奪われてきた女たちの〈記憶のつぶやき〉を書き残すことは、彼女たちの、集団の記憶を消滅から守ることだ。ズリハの物語、アルジェリアそして女性の解放に命を賭した真実の物語を忘却から守ることだ。

ズリハの物語を通して、この国の女たちの歴史が光と色彩と陰翳を帯びて、現出する、音楽が遠く、近くに、聞こえるなかで。

作者アシア・ジェバールは、どこにも――植民地からの脱却のために命をささげた女たちの行動を忘却に追いやろうとするこの国のどこにも――墓のないズリハにこの詩情に満ちた〈物語〉を、それに代わる〈霊廟〉として献じたのだ。ズリハにだけではない、〈闇と混乱と激しい恐怖のなかに消えた多くの犠牲者たち〉にも。

作品の通奏低音として流れるのは、女たちに課せられた苛酷な宿命だけではない。植民地主義の圧制の鎖に繋がれた〈現地人〉たちの押し殺した怒りでもある。

『ニューヨーク・タイムズ』紙は、「彼女の小説は時間や人間を意図してかき混ぜるが、それは、主題の不変性、とりわけ、女たちの耐えがたい条件、植民地主義の暴虐、そして、言語とエクリチュールのもつ贖罪の力を強調するためにほかならない」と評した。

アシア・ジェバールとは

アシア・ジェバール（本名ファーティマ・イマライェーヌ）は、一九三六年六月三〇日、フランスの植民地であったアルジェリアの首都アルジェに近い、シェルシェル（かつてセザレーと呼ばれた）に生まれ、十八歳までアルジェリアで過ごす。アルジェリア独立戦争開始直前の五四年一〇月、パリのフェヌロン高校に入学、翌五五年、女子高等師範学校（セーヴル校）にアルジェリア出身の女子として初めて入学し、歴史学を専攻。一九五七年、二〇歳の時、アシア・ジェバールの筆名で最初の小説『渇き』を発表、アメリカで翻訳され、好評を博す。五八年夏から五九年の夏にかけて、チュニスに滞在し、ジャーナリストとしてFLNのフランツ・ファノンに協力。五九年九月から三年間、ラバト大学（モロッコ）でマグレブ現代史を、六二年から六五年までアルジェ大学でアルジェリア近・現代史を、二〇〇一年からはニューヨーク大学（米国）でフランス・フランス語圏の文学を講じる。映像作家としても活躍し、七九年には、『シェヌア山の女たちのナウバ』がヴェネツィア・ビエンナーレで国際批評家賞を受賞、観客・報道関係者から熱狂的な支持を受ける。一方、執筆言語として選んだフランス語で、『壁のなかのアルジェの女たち』（短篇集、一九八〇、増補版二〇〇二）、『愛、ファンタジア』（一九八五、邦訳二〇一一、石川清子訳）、『メディナから遠く離れて』（一九九一）、『広大なり、牢獄は』（一九九五）、『わたしに絶えず付きまとうあの声たち』（一九九九）、『フランス語が消えて』（二〇〇三）、『父の家に居場所がどこにもなく』（二〇〇七）など、豊饒な創作活動を続けている。その間、モーリス・メーテルランク賞（一九九五）、ノイシュタット国際賞（一九九六）、マルグリット・ユルスナール賞（一九九七）など、多くの賞を受賞、一九九九年には、ベルギー王立アカデミー会員に、二〇〇五年にはアカデミー・フランセーズ会員に選ばれる。

＊　＊

フランスを代表する歴史研究者の一人で、女性史の新しい領域を切り拓いたミシェル・ペロー先生（パリ第七大学名誉教授）の書斎で、話題が今日の女性文学者に及んだとき、このアルジェリア出身の作家への賞賛のことばを先生は何度も口にされ、日本でも紹介されることを切望されたことが鮮やかに蘇る。あれから、十年近い歳月が過ぎてしまったけれども……

本書の訳出にあたって、とりわけシリル・リシュウ氏（九州大学講師）に多くのご教示をいただいた。心からお礼を申し上げたい。

藤原書店社主、藤原良雄氏より訳出の機会を与えていただいたことを大変幸せに思うと同時に、深い感謝の意を表したい。また、編集部の山﨑優子氏にはいつもながら、ゆき届いたお世話をいただいた。あわせて、お礼を申し上げたい。

二〇一一年十月

著者紹介

アシア・ジェバール（Assia Djebar）

1936年、アルジェ近くのシェルシェル（旧セザレー）に生まれる。ベルギー王立アカデミー会員、アカデミー・フランセーズ会員。ニューヨーク大学(NYU)でフランス・フランス語圏の文学を教える。

20歳のとき、最初の小説『渇き』を発表。1959～65年にはモロッコ、アルジェリアの大学でマグレブ現代史を講じる。映像作家としても活躍したが、その小説家としての才能は、『壁のなかのアルジェの女たち』(短篇集、1980、増補版2002)、ついで『メディナから遠く離れて』(1991)『愛、ファンタジア』(1985、邦訳2011)『広大なり、牢獄は』(1995)『アルジェリアの白人』(1996)、さらに『わたしに絶えず付きまとうあの声たち』(1999）で明らかになった。またその作品は多数の賞を受賞。モーリス・メーテルランク賞（1995)、ノイシュタット国際賞（1996)、マルグリット・ユルスナール賞（1997)。

訳者紹介

持田明子（もちだ・あきこ）
1969年東京大学大学院博士課程中退。1966-68年、フランス政府給費留学生として滞仏。九州産業大学国際文化学部教授。専攻、フランス文学。著書『ジョルジュ・サンド 1804-76』。編訳書『ジョルジュ・サンドからの手紙』『往復書簡 サンド＝フロベール』。訳書にサンド『サンド―政治と論争』『魔の沼ほか』『コンシュエロ 上下』（藤原書店）他。

墓（はか）のない女（おんな）

2011年11月30日 初版第1刷発行 ©

訳　者 持田明子
発行者 藤原良雄
発行所 株式会社 藤原書店

〒162-0041 東京都新宿区早稲田鶴巻町523
電　話 03（5272）0301
FAX 03（5272）0450
振　替 00160-4-17013
info@fujiwara-shoten.co.jp

印刷・製本　中央精版印刷

Printed in Japan
ISBN978-4-89434-832-5

GEORGE SAND
ジョルジュ・サンドからの手紙
ジョルジュ・サンド
書簡で綴る
サンド―ショパンの真実

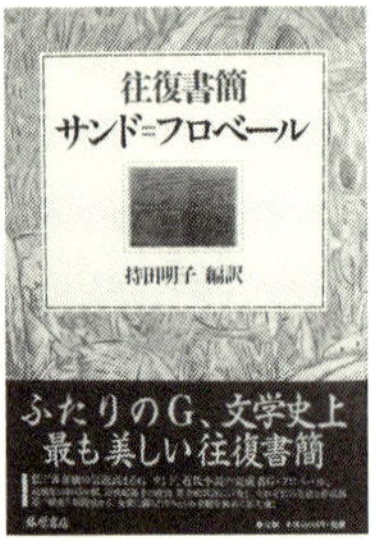
往復書簡
サンド=フロベール
持田明子 編訳
ふたりのG、文学史上
最も美しい往復書簡

オルハン・パムク
わたしの名は紅
現代トルコ文学の最高峰作家
オルハン・パムク!! 本邦初訳

オルハン・パムク
イスタンブール
思い出とこの町
ノーベル文学賞受賞作家、
待望の最新作